F. M. Dostojewski

Die Legende vom Großinquisitor

Ф. М. Достоевский

Легенда о великом инквизиторе

CLASSIC PAGES

Dostojewski, F. M./Достоевский, Ф. М.

Die Legende vom Großinquisitor/

Легенда о великом инквизиторе

zweisprachige Ausgabe/двуязычное издание

Reihe: classic pages

1. Auflage 2010 | ISBN: 978-3-86741-479-1

© Europäischer Hochschulverlag GmbH & Co KG

Umschlag: Ausschnitt aus dem Gemälde

„Christus in der Wüste" von I. N. Kramskoj

www.classic-pages.de

Die Legende vom Großinquisitor

Легенда о великом инквизиторе

Vorwort

„Die Legende vom Großinquisitor" stellt nur eine Episode im letzten Werk von Fjodor Dostojewski „Die Brüder Karamasow" dar. Doch die Verbindung dieser Episode mit der Handlung des Werkes ist so schwach und wiederum die Bedeutung der Legende für die russische Literatur so stark, dass sie berechtigterweise als ein selbstständiges Werk zu betrachten ist.

Die Erzählung vom Großinquisitor ist ein Roman im Roman, der tief und einzigartig die Frage nach dem Sinn des Lebens, nach der Bedeutung des Glaubens und nach der wahren Natur des Menschen stellt. Eine Legende, die in einem Gespräch zwischen den zwei Brüdern Karamasow erzählt wurde, entlarvt den ewigen Widerspruch zwischen dem menschlichen Herzen und der menschlichen Vernunft. Doch dieses Werk entfaltet nicht nur moralische und religiöse, sondern auch politische Themen. Laut dem russischen Philosophen Nikolai Berdjajew ist „Die Legende vom Großinquisitor" das Revolutionärste und Anarchistischste, was je geschrieben wurde.

Der russische Philosoph und Publizist Wassili Rosanow wertschätzte dieses Werk gleichermaßen. Er beschreibt es als „mit einer Qual durchdrungen", so wie es das ganze Schaffen von Dostojewski und seine Persönlichkeit selbst sind.

Fehlender äußerer Zusammenhang zwischen dem Roman und der Legende wird, seiner Auffassung nach, durch eine starke innere Verbindung ersetzt.

Die Legende nämlich macht laut Rosanow die Seele des ganzen Werkes aus, „sie verbirgt den sehnlichen Gedanken des Schriftstellers, ohne den nicht nur dieser Roman, sondern noch viele andere seiner Werke nicht geschrieben würden: mindestens gäbe es in allen diesen Werken deren beste und größte Stellen nicht".

J. Deutschländer (Bremen, 30.07.2010)

Предисловие

«Легенда о великом инквизиторе» представляет собой лишь один эпизод в последнем произведении Достоевского "Братья Карамазовы". Однако связь этого эпизода с фабулой романа так слаба, а значение для русской литературы столь велико, что его по праву можно рассматривать как отдельное произведение.

Поэма о великом инквизиторе – это роман в романе, глубоко затрагивающий вечные вопросы о смысле жизни, значении веры и об истинной природе человека. Эта поэма, рассказанная в разговоре между двумя братьями Карамазовыми, обнажает исконное противоречие между человеческим разумом и сердцем. Но не только этические и религиозные проблемы раскрываются в этом произведении. По словам Н. А. Бердяева, «Легенда о Великом Инквизиторе» - самое анархическое и самое революционное из всего, что было написано людьми.

Другой русский философ и литературный критик В.В. Розанов, также высоко оценил значение этого произведения. По словам Розанова, оно проникнуто «особою мучительностью», впрочем, как и все творчество Достоевского, как и сама его личность.

Внешняя связь между романом и легендой заменяется их неразрывной внутренней связью. Именно легенда, по мнению Розанова, составляет как бы душу всего произведения, «в ней схоронена заветная мысль писателя, без которой не был бы написан не только этот роман, но и многие другие произведения его: по крайней мере не было бы в них всех самых лучших и высоких мест».

Ю. Дойчлэндер (Бремен, 30.07.2010)

Die Legende vom Großinquisitor

»Es geht auch hier nicht ohne Vorrede ab, das heißt ohne literarisches Vorwort, hol's der Teufel!« begann Iwan lachend. »Und dabei: Was bin ich schon für ein Autor! Die Handlung spielt bei mir im sechzehnten Jahrhundert; und damals, das muss dir übrigens noch von der Schule her bekannt sein, war es eben üblich, in poetischen Erzeugnissen die himmlischen Mächte auf die Erde herabzuholen. Von Dante will ich gar nicht erst reden. In Frankreich gaben die Gerichtsschreiber und auch die Mönche in den Klöstern ganze Vorstellungen, in denen sie die Madonna, die Engel, die Heiligen, Christus und Gott selbst auf die Bühne brachten. Das geschah damals in vollkommener Einfalt. In Victor Hugos ›Notre-Dame de Paris‹ wird zur Zeit Ludwigs des Sechzehnten zu Ehren der Geburt des französischen Dauphins dem Volk im Rathaussaal von Paris eine Gratisvorstellung gegeben unter dem erbaulichen Titel: ›Le bon jugement de la tres sainte et gracieuse Vierge Marie‹[1], worin auch sie persönlich erscheint und ihr ›bon jugement‹ verkündet. Vor Peter dem Großen wurden bei uns in Moskau manchmal ähnliche, beinahe dramatische Vorstellungen veranstaltet, besonders aus dem Alten Testament. Zu jener Zeit waren in aller Welt auch viele Erzählungen und Gedichte im Umlauf, in denen nach Bedarf Heilige, Engel und himmlische Heerscharen handelnd auftraten.

---

[1] Das gute Urteil der sehr heiligen und anmutigen Jungfrau Maria.

Легенда о великом инквизиторе

- Ведь вот и тут без предисловия невозможно, то есть без литературного предисловия, тьфу! - засмеялся Иван,- а какой уж я сочинитель! Видишь, действие у меня происходит в шестнадцатом столетии, а тогда, - тебе, впрочем, это должно быть известно еще из классов,- тогда как раз было в обычае сводить в поэтических произведениях на землю горние силы. Я уж про Данта не говорю. Во Франции судейские клерки, а тоже и по монастырям монахи давали целые представления, в которых выводили на сцену Мадонну, ангелов, святых, Христа и самого Бога. Тогда все это было очень простодушно. В "Notre Dame de Paris" у Виктора Гюго в честь рождения французского дофина, в Париже, при Людовике XI, в зале ратуши дается назидательное и даровое представление народу под названием: "le bon jugement de la tres sainte et gracieuse Vierge Marie"[1], где и является она сама лично и произносит свой bon jugement[2]. У нас в Москве, в допетровскую старину, такие же почти драматические представления, из Ветхого завета особенно, тоже совершались по временам; но, кроме драматических представлений, по всему миру ходило тогда много повестей и "стихов", в которых действовали по надобности святые, ангелы и вся сила небесная.

---

[1] Милосердный суд пресвятой и всемилостивой Девы Марии (франц.).
[2] милосердный суд (франц.)

In unseren Klöstern beschäftigten sich die Mönche ebenfalls mit dem Übersetzen und Abschreiben, ja sogar mit dem Verfassen solcher Gedichte – und das selbst unter dem Tatarenjoch. Es gibt zum Beispiel eine kleine klösterliche Dichtung, selbstverständlich aus dem Griechischen: ›Die Wanderung der Muttergottes durch die Qualen‹, mit Schilderungen von einer Kühnheit, die der Dantes nicht nachsteht. Die Muttergottes besucht die Hölle, und der Erzengel Michael führt sie durch die ›Qualen‹. Sie sieht die Sünder und ihre Martern. Da ist unter anderem eine sehr interessante Klasse von Sündern in einem brennenden See: Einige von ihnen versinken so tief, dass sie nicht mehr an die Oberfläche kommen können; diese ›vergisst Gott schon‹ – ein Ausdruck von außerordentlicher Tiefe und Kraft. Und da fällt die Muttergottes erschüttert und weinend vor Gottes Thron nieder und bittet für alle in der Hölle um Begnadigung, für alle, die sie dort gesehen hat, ausnahmslos. Ihr Gespräch mit Gott ist höchst interessant. Sie fleht, sie lässt nicht ab, und als Gott sie auf die von Nägeln durchbohrten Hände und Füße ihres Sohnes hinweist und fragt: ›Wie kann ich denn seinen Peinigern verzeihen?‹, da befiehlt sie allen Heiligen, allen Märtyrern, allen Engeln und Erzengeln, mit ihr zusammen vor Gott niederzufallen und um die Begnadigung aller zu bitten. Es endet damit, dass sie von Gott das Verstummen der Qualen alljährlich von Karfreitag bis Pfingsten erlangt; die Sünder aus der Hölle danken dem Herrn sogleich und rufen: ›Gerecht bist Du, o Herr, dass Du so gerichtet hast.‹

У нас по монастырям занимались тоже переводами, списыванием и даже сочинением таких поэм, да еще когда - в татарщину. Есть, например, одна монастырская поэма (конечно, с греческого): "Хождение Богородицы по мукам", с картинами и со смелостью не ниже дантовских. Богоматерь посещает ад, и руководит ее "по мукам" архангел Михаил. Она видит грешников и мучения их. Там есть, между прочим, один презанимательный разряд грешников в горящем озере: которые из них погружаются в это озеро так, что уж и выплыть более не могут, то "тех уже забывает Бог" - выражение чрезвычайной глубины и силы. И вот, пораженная и плачущая Богоматерь падает пред престолом божиим и просит всем во аде помилования, всем, которых она видела там, без различия. Разговор ее с Богом колоссально интересен. Она умоляет, она не отходит, и когда Бог указывает ей на прогвожденные руки и ноги ее сына и спрашивает: как я прощу его мучителей,- то она велит всем святым, всем мученикам, всем ангелам и архангелам пасть вместе с нею я молить о помиловании всех без разбора. Кончается тем, что она вымаливает у Бога остановку мук на всякий год от великой пятницы до троицына дня, а грешники из ада тут же благодарят Господа и вопиют к нему: "Прав ты, Господи, что так судил".

‹ Siehst du, von dieser Art wäre auch meine kleine Dichtung gewesen, wenn sie zu jener Zeit erschienen wäre. Bei mir tritt Er auf; allerdings spricht Er nicht, sondern erscheint nur und geht vorüber. Fünfzehn Jahrhunderte sind vergangen, seit Er die Verheißung gegeben hat, Er werde wiederkommen und sein Reich aufrichten, fünfzehn Jahrhunderte, seit sein Prophet schrieb: ›Ich komme bald, von dem Tag und der Stunde aber weiß nicht einmal der Sohn, sondern allein mein himmlischer Vater.‹ Aber die Menschheit erwartet Ihn noch immer mit dem früheren Glauben und der früheren Sehnsucht, sogar mit größerem Glauben, denn fünfzehn Jahrhunderte sind schon vergangen seit der Zeit, da der Himmel aufgehört hat, dem Menschen Unterpfänder zu geben.

Was dein Herz dir sagt, das glaube, denn der Himmel gibt kein Pfand.

So war denn nur der Glaube an das geblieben, was das Herz sagte! Allerdings geschahen damals auch viele Wunder. Es gab Heilige, die wunderbare Heilungen ausführten. Zu manchen Gerechten stieg, so die Angaben in ihren Lebensbeschreibungen, die Himmelskönigin selbst herab. Aber der Teufel schläft nicht, und es regten sich in der Menschheit schon Zweifel an der Wahrheit dieser Wunder. Zu jener Zeit war im Norden, in Deutschland, gerade eine schreckliche neue Ketzerei aufgetreten. Ein großer Stern, ›ähnlich einer Fackel, fiel auf die Wasserbrunnen, und sie wurden bitter‹.

Ну вот и моя поэмка была бы в том же роде, если б явилась в то время. У меня на сцене является он; правда, он ничего и не говорит в поэме, а только появляется и проходит. Пятнадцать веков уже минуло тому, как он дал обетование прийти во царствии своем, пятнадцать веков, как пророк его написал: "Се гряду скоро". "О дне же сем и часе не знает даже и сын, токмо лишь отец мой небесный", как изрек он и сам еще на земле. Но человечество ждет его с прежнею верой и с прежним умилением. О, с большею даже верой, ибо пятнадцать веков уже минуло с тех пор, как прекратились залоги с небес человеку:

Верь тому, что сердце скажет,

Нет залогов от небес.

И только одна лишь вера в сказанное сердцем! Правда, было тогда и много чудес. Были святые, производившие чудесные исцеления; к иным праведникам, по жизнеописаниям их, сходила сама царица небесная. Но дьявол не дремлет, и в человечестве началось уже сомнение в правдивости этих чудес. Как раз явилась тогда на севере, в Германии, страшная новая ересь. Огромная звезда, "подобная светильнику" (то есть церкви) "пала на источники вод, и стали они горьки".

Die Anhänger dieser Ketzerei begannen gotteslästerlich die Wunder zu leugnen. Doch um so feuriger glaubten die treu Gebliebenen. Die Tränen der Menschheit stiegen zu Ihm auf wie ehemals. Die Menschen erwarteten Ihn, liebten Ihn, hofften auf Ihn wie ehemals. So viele Jahrhunderte hatte die Menschheit in leidenschaftlichem Glauben gefleht: ›Herr Gott, erscheine uns!‹ So viele Jahrhunderte hatten sie nach Ihm gerufen, dass es Ihn in seinem unermesslichen Erbarmen verlangte, zu den Betenden hinabzusteigen. War Er doch auch schon früher manchmal hinabgestiegen und hatte einzelne Gerechte, Märtyrer und fromme Eremiten auf Erden besucht, wie in ihren Lebensbeschreibungen zu lesen steht. Bei uns hat das Tjutschew, von der Wahrheit seiner Worte zutiefst überzeugt, so ausgedrückt:

In Knechtsgestalt, vom Kreuze schwer gedrückt, durchzog er segnend jede Erdenzone. Er, den als König aller Welten schmückt auf höchstem Himmelsthron die Herrscherkrone.

Und so ist es auch tatsächlich geschehen, das sage ich dir. Also es verlangte Ihn, sich dem Volk zu zeigen, wenn auch nur für ganz kurze Zeit, dem leidenden, schwer sündigenden, aber Ihn doch kindlich liebenden Volk. Die Handlung spielt bei mir in Spanien, in Sevilla, in der furchtbarsten Zeit der Inquisition, als zum Ruhme Gottes täglich die Scheiterhaufen loderten und in den Flammen prächtiger Autodafés verbrannten die schändlichen Ketzer.

Эти ереси стали богохульно отрицать чудеса. Но тем пламеннее верят оставшиеся верными. Слезы человечества восходят к нему по-прежнему, ждут его, любят его, надеются на него, жаждут пострадать и умереть за него, как прежде... И вот столько веков молило человечество с верой и пламенем: "Бо Господи явися нам", столько веков взывало к нему, что он, в неизмеримом сострадании своем, возжелал снизойти к молящим. Снисходил, посещал он и до этого иных праведников, мучеников и святых отшельников еще на земле, как и написано в их "житиях". У нас Тютчев, глубоко веровавший в правду слов своих, возвестил, что

Удрученный ношей крестной

Всю тебя, земля родная,

В рабском виде царь небесный

Исходил благословляя.

Что непременно и было так, это я тебе скажу. И вот он возжелал появиться хоть на мгновенье к народу, - к мучающемуся, страдающему, смрадно-грешному, но младенчески любящему его народу. Действие у меня в Испании, в Севилье, в самое страшное время инквизиции, когда во славу божию в стране ежедневно горели костры и

В великолепных автодафе

Сжигали злых еретиков.

Es war dies freilich nicht jenes Herniedersteigen, bei dem Er gemäß seiner Verheißung am Ende der Zeiten in all seiner himmlischen Herrlichkeit erscheinen wird und welches plötzlich stattfinden soll, ›wie der Blitz scheinet vom Aufgang bis zum Niedergang‹. Nein, es verlangte Ihn, wenn auch nur für sehr kurze Zeit, seine Kinder zu besuchen, und zwar vor allem dort, wo gerade die Scheiterhaufen der Ketzer prasselten. Nun wandelt Er in seiner unermesslichen Barmherzigkeit noch einmal unter den Menschen in eben jener Menschengestalt, in der Er fünfzehn Jahrhunderte früher dreiunddreißig Jahre unter ihnen geweilt hat. Er steigt hinab auf die heißen Straßen und Plätze der südlichen Stadt, wo erst tags zuvor in Gegenwart des Königs, des Hofes, der Ritter, der Kardinäle und der reizendsten Damen des Hofes sowie der ganzen zahlreichen Einwohnerschaft von Sevilla auf Geheiß des Kardinal-Großinquisitors in einem Zug fast hundert Ketzer ad majorem gloriam Dei[2] verbrannt worden sind. Er erscheint still und unauffällig, und siehe da, es geschieht etwas Seltsames. Alle erkennen Ihn. Und woran sie Ihn erkennen – das könnte eine der besten Stellen meiner Dichtung sein. Die Volksmenge strebt mit unwiderstehlicher Gewalt zu Ihm hin, umringt Ihn, folgt Ihm. Schweigend, mit einem stillen Lächeln unendlichen Mitleids, wandelt Er unter ihnen. Die Sonne der Liebe brennt in seinem Herzen, Strahlen von Licht, Aufklärung und Kraft gehen von seinen Augen aus, ergießen sich auf die Menschen und erschüttern ihre

---

[2] zur höheren Ehre Gottes

О, это, конечно, было не то сошествие, в котором явится он, по обещанию своему, в конце времен во всей славе небесной и которое будет внезапно, "как молния, блистающая от востока до запада". Нет, он возжелал хоть на мгновенье посетить детей своих и именно там, где как раз затрещали костры еретиков, По безмерному милосердию своему он проходит еще раз между людей в том самом образе человеческом, в котором ходил три года между людьми пятнадцать веков назад, Он снисходит на "стогны жаркие" южного города, как раз в котором всего лишь накануне в "великолепном автодафе", в присутствии короля, двора, рыцарей, кардиналов и прелестнейших придворных дам, при многочисленном населении всей Севильи, была сожжена кардиналом великим инквизитором разом чуть не целая сотня еретиков ad majorem gloriam Dei.[3] Он появился тихо, незаметно, и вот все - странно это - узнают его. Это могло бы быть одним из лучших мест поэмы, то есть почему именно узнают его. Народ непобедимою силой стремится к нему, окружает его, нарастает кругом него, следует за ним. Он молча проходит среди них с тихою улыбкой бесконечного сострадания. Солнце любви горит в его сердце, лучи Света, Просвещения и Силы текут из очей его и, изливаясь на людей, сотрясают их сердца ответною любовью.

---

[3] к вящей славе Господней (лат.)

Herzen in Gegenliebe. Er streckt die Hände nach ihnen aus und segnet sie, und von seiner Berührung, ja sogar von der Berührung seines Gewandes geht eine heilende Kraft aus. Da ruft aus der Menge ein Greis, der von seiner Kindheit an blind ist: ›Herr, heile mich, damit auch ich dich schaue!‹ Und siehe da, es fällt ihm wie Schuppen von den Augen, und der Blinde sieht Ihn. Das Volk weint und küsst die Erde, über die Er dahinschreitet. Die Kinder streuen vor Ihm Blumen auf den Weg, singen und rufen ›Hosianna! Das ist Er, das ist Er selbst! Das muss Er sein, niemand anders!‹ Er bleibt am Portal des Domes von Sevilla stehen, gerade in dem Augenblick, wo ein offener weißer Kindersarg unter Weinen und Wehklagen hineingetragen wird; darin liegt ein siebenjähriges Mädchen, die einzige Tochter eines angesehenen Bürgers. Das tote Kind ist ganz in Blumen gebettet. ›Er wird dein Kind auferwecken‹, ruft man der weinenden Mutter aus der Menge zu. Ein Pater des Doms, der herauskommt, um den Sarg in Empfang zu nehmen, macht ein erstauntes Gesicht und zieht die Augenbrauen zusammen. Aber da ertönt das laute Schluchzen der Mutter des gestorbenen Kindes. Sie wirft sich Ihm zu Füßen. ›Wenn du es bist, so erwecke mein Kind!‹ ruft sie und streckt Ihm die Hände entgegen. Der Zug bleibt stehen, der Sarg wird am Portal zu seinen Füßen niedergestellt. Er blickt voll Mitleid auf die kleine Leiche, und seine Lippen sprechen wiederum die Worte: ›Talitha, kumi – Mägdlein, stehe auf!‹ Das Mädchen erhebt sich im Sarg, setzt sich auf und schaut lächelnd mit erstaunten, weit geöffneten Augen um sich.

Он простирает к ним руки, благословляет их, и от прикосновения к нему, даже лишь к одеждам его, исходит целящая сила. Вот из толпы восклицает старик, слепой с детских лет: "Господи, исцели меня, да и я тебя узрю", и вот как бы чешуя сходит с глаз его, и слепой его видит. Народ плачет и целует землю, по которой идет он. Дети бросают пред ним цветы, поют и вопиют ему: "Осанна!" "Это он, это сам он,- повторяют все,- это должен быть он, это никто как он". Он останавливается на паперти Севильского собора в ту самую минуту, когда во храм вносят с плачем детский открытый белый гробик: в нем семилетняя девочка, единственная дочь одного знатного гражданина. Мертвый ребенок лежит весь в цветах. "Он воскресит твое дитя", - кричат из толпы плачущей матери. Вышедший навстречу гроба соборный патер смотрит в недоумении и хмурит брови. Но вот раздался вопль матери умершего ребенка. Она повергается к ногам его: "Если это ты, то воскреси дитя мое!" - восклицает она, простирая к нему руки. Процессия останавливается, гробик опускают на паперть к ногам его. Он глядит с состраданием, и уста его тихо и еще раз произносят: "Талифа куми" - "и восста девица". Девочка подымается в гробе, садится и смотрит, улыбаясь, удивленными раскрытыми глазками кругом.

In den Händen hält es den Strauß weiße Rosen, mit dem es im Sarg gelegen hat. Das Volk ist starr vor Staunen, schreit und schluchzt – und siehe da, genau in diesem Augenblick geht plötzlich der Kardinal-Großinquisitor selbst über den Platz vor dem Dom. Er ist ein fast neunzigjähriger Greis, hochgewachsen und gerade, mit vertrocknetem Gesicht und eingesunkenen Augen, in denen aber noch ein schwaches Feuer glimmt. Er trägt nicht die prächtigen Kardinalsgewänder, in denen er am Vortag prunkte, als die Feinde des römischen Glaubens verbrannt wurden; nein, in diesem Augenblick trägt er nur seine alte, grobe Mönchskutte. Ihm folgen in einiger Entfernung seine finsteren Gehilfen und Knechte und die ›heilige‹ Wache. Er bleibt vor der Menge stehen und beobachtet von fern, sieht alles: wie man Ihm den Sarg vor die Füße stellt, wie das Mädchen aufersteht. Und sein Gesicht verfinstert sich. Er zieht die dichten grauen Brauen zusammen, und ein böses Feuer funkelt in seinem Blick. Er streckt einen Finger aus und befiehlt der Wache, Ihn zu ergreifen. Und seine Macht ist so groß, das Volk ist so an Unterwürfigkeit, an den blinden, furchtsamen Gehorsam ihm gegenüber gewöhnt, dass die Menge vor den Wächtern sofort auseinanderweicht und diese in plötzlicher Grabesstille Hand an Ihn legen und Ihn fortführen können. Und augenblicklich neigt sich die Menge wie ein Mann zur Erde vor dem greisen Inquisitor, der erteilt dem Volk schweigend den Segen und geht weiter.

В руках ее букет белых роз, с которым она лежала в гробу. В народе смятение, крики, рыдания, и вот, в эту самую минуту, вдруг проходит мимо собора по площади сам кардинал великий инквизитор, Это девяностолетний почти старик, высокий и прямой, с иссохшим лицом, со впалыми глазами, но из которых еще светится, как огненная искорка, блеск. О, он не в великолепных кардинальских одеждах своих, в каких красовался вчера пред народом, когда сжигали врагов римской веры, - нет, в эту минуту он лишь в старой, грубой монашеской своей рясе. За ним в известном расстоянии следуют мрачные помощники и рабы его и "священная" стража. Он останавливается пред толпой и наблюдает издали. Он все видел, он видел, как поставили гроб у ног его, видел, как воскресла девица, и лицо его омрачилось. Он хмурит седые густые брови свои, и взгляд его сверкает зловещим огнем. Он простирает перст свой и велит стражам взять его. И вот, такова его сила и до того уже приучен, покорен и трепетно послушен ему народ, что толпа немедленно раздвигается пред стражами, и те, среди гробового молчания, вдруг наступившего, налагают на него руки и уводят его. Толпа моментально, вся как один человек, склоняется головами до земли пред старцем инквизитором, тот молча благословляет народ и проходит мимо.

Die Wache führt den Gefangenen in ein enges, finsteres, gewölbtes Verlies in dem alten Gebäude des Heiligen Tribunals und schließt Ihn dort ein. Der Tag vergeht, die dunkle, heiße, reglose Nacht von Sevilla bricht an. Die Luft ist voll vom Duft ›nach Lorbeer und Zitronen‹. In der tiefen Dunkelheit öffnet sich plötzlich die eiserne Tür des Kerkers, und der greise Großinquisitor selbst tritt mit einem Leuchter in der Hand ein. Er ist allein, hinter ihm schließt sich sogleich wieder die Tür. Er bleibt am Eingang stehen und blickt Ihn lange, eine oder zwei Minuten, an. Endlich tritt er leise näher, stellt den Leuchter auf den Tisch und sagt zu Ihm: ›Bist du es? Ja!‹ Doch ohne eine Antwort abzuwarten, fügt er schnell hinzu: ›Antworte nicht, schweig! Was solltest du auch sagen? Ich weiß genau, was du sagen willst. Und du hast gar kein Recht, dem etwas hinzuzufügen, was du früher schon gesagt hast. Warum bist du gekommen, uns zu stören? Denn du bist gekommen, uns zu stören, du weißt das selbst. Aber weißt du auch, was morgen geschehen wird? Ich bin nicht informiert, wer du bist, und es interessiert mich auch gar nicht, ob du Er selbst bist oder nur eine Kopie von Ihm. Schon morgen jedoch werde ich dich verurteilen und als den schlimmsten aller Ketzer auf dem Scheiterhaufen verbrennen, und dasselbe Volk, das heute deine Füße geküsst hat, wird morgen auf einen Wink meiner Hand herbeistürzen und Kohlen für deinen Scheiterhaufen heranschaffen. Weißt du das? Ja, du weißt es vielleicht‹, fügt er ernst und nachdenklich hinzu, ohne auch nur einen Moment den Blick von seinem Gefangenen abzuwenden. «

Стража приводит пленника в тесную и мрачную сводчатую тюрьму в древнем здании святого судилища и запирает в нее. Проходит день, настает темная, горячая и "бездыханная" севильская ночь. Воздух "лавром и лимоном пахнет". Среди глубокого мрака вдруг отворяется железная дверь тюрьмы, и сам старик великий инквизитор со светильником в руке медленно входит в тюрьму. Он один, дверь за ним тотчас же запирается. Он останавливается при входе и долго, минуту или две, всматривается в лицо его. Наконец тихо подходит, ставит светильник на стол и говорит ему: "Это ты? ты? - Но, не получая ответа, быстро прибавляет: - Не отвечай, молчи. Да и что бы ты мог сказать? Я слишком знаю, что ты скажешь. Да ты и права не имеешь ничего прибавлять к тому, что уже сказано тобой прежде. Зачем же ты пришел нам мешать? Ибо ты пришел нам мешать и сам это знаешь. Но знаешь ли, что будет завтра? Я не знаю, кто ты, и знать не хочу: ты ли это или только подобие его, но завтра же я осужу и сожгу тебя на костре, как злейшего из еретиков, и тот самый народ, который сегодня целовал твои ноги, завтра же по одному моему мановению бросится подгребать к твоему костру угли, знаешь ты это? Да, ты, может быть, это знаешь", - прибавил он в проникновенном раздумье, ни на мгновение не отрываясь взглядом от своего пленника.

»Ich versteh‹ nicht richtig, was das bedeuten soll, Iwan«, sagte Aljoscha lächelnd; er hatte die ganze Zeit schweigend zugehört. »Ist das einfach zügellose Phantasie oder irgendein Irrtum, ein Missverständnis vonseiten des Greises? Ein unerhörtes qui pro quo?«[3]

»Nimm meinetwegen das Letztere an«, erwiderte Iwan lachend, »wenn dich der moderne Realismus bereits so verwöhnt hat und du nichts fantasievolles mehr ertragen kannst. Willst du es als qui pro quo auffassen, mag es meinetwegen so sein. Das ist ja richtig«, fügte er wieder lachend hinzu, »der Greis ist schon neunzig Jahre alt und kann über seiner Idee schon längst den Verstand verloren haben. Und der Gefangene hat ihn ja durch sein Äußeres in Erstaunen versetzen können. Es kann schließlich einfach Fieberwahn gewesen sein, die Vision eines neunzigjährigen Greises vor dem Tode, eines Greises, der noch dazu erregt ist vom Autodafé des vorhergehenden Tages, wo hundert Ketzer verbrannt worden sind. Aber kann es dir und mir nicht gleichgültig sein, ob es ein qui pro quo oder zügellose Fantasie ist? Die Sache ist doch die: Der Greis hat das Bedürfnis, sich auszusprechen! Er spricht sich endlich aus zur Entschädigung für die ganzen neunzig Jahre und sagt das laut, was er neunzig Jahre lang verschwiegen hat.«

»Und der Gefangene schweigt ebenfalls? Er schaut ihn an und sagt kein Wort?«

---

[3] Quiproquo, Verwechslung einer Person mit einer anderen.

- Я не совсем понимаю, Иван, что это такое? - улыбнулся все время молча слушавший Алеша, - прямо ли безбрежная фантазия или какая-нибудь ошибка старика, какое-нибудь невозможное qui pro quo[4]?

- Прими хоть последнее, - рассмеялся Иван, - если уж тебя так разжаловал современный реализм и ты не можешь вынести ничего фантастического - хочешь qui pro quo, то пусть так и будет. Оно правда, - рассмеялся он опять, - старику девяносто лет, и он давно мог сойти с ума на своей идее. Пленник же мог поразить его своею наружностью. Это мог быть, наконец, просто бред, видение девяностолетнего старика пред смертью, да еще разгоряченного вчерашним автодафе во сто сожженных еретиков. Но не все ли равно нам с тобою, что qui pro quo, что безбрежная фантазия? Тут дело в том только, что старику надо высказаться, что наконец за все девяносто лет он высказывается и говорит вслух то, о чем все девяносто лет молчал.

- А пленник тоже молчит? Глядит на него и не говорит ни слова?

---

[4] одно вместо другого, путаница, неразбериха (лат.)

»Unbedingt«, antwortete Iwan und lachte wieder. ›Der Greis selbst bedeutet Ihm, dass Er gar kein Recht habe, dem etwas hinzuzufügen, was Er früher schon gesagt hat. Darin liegt vielleicht der eigentliche Grundzug des römischen Katholizismus – zumindest ist das meine Meinung. ›Du hast alles an den Papst übertragen‹, sagen sie. ›Folglich ist das jetzt alles Sache des Papstes. Und du komm jetzt nicht, störe wenigstens nicht vor der Zeit!‹ In diesem Sinne reden sie nicht nur, sondern schreiben auch so, zumindest die Jesuiten. Das habe ich selbst bei ihren Theologen gelesen. ›Hast du das Recht, uns auch nur eines der Geheimnisse jener Welt aufzudecken, aus der du gekommen bist?‹ fragt Ihn der Greis und antwortet selbst für Ihn: ›Nein, ein solches Recht hast du nicht! Du darfst dem, was du früher schon gesagt hast, nichts hinzufügen, und du darfst den Menschen nicht die Freiheit nehmen, für die du so warm eingetreten bist, als du auf Erden warst. Alles, was du neu verkünden könntest, würde die Glaubensfreiheit der Menschen beeinträchtigen, da es wie ein Wunder erscheinen würde. Und die Freiheit ihres Glaubens war dir doch damals, vor anderthalb Jahrtausenden, über alles teuer. Hast du nicht damals oft gesagt: Ich will euch frei machen? Jetzt hast du diese ›freien‹ Menschen gesehen!‹ fügt der Greis plötzlich mit einem nachdenklichen Lächeln hinzu. ›Ja, dieses Werk hat uns viel Mühe gekostet!‹ fährt er, Ihn ernst anblickend, fort. ›Aber wir haben es in deinem Namen doch glücklich zu Ende geführt.

- Да так и должно быть во всех даже случаях, - опять засмеялся Иван.- Сам старик замечает ему, что он и права не имеет ничего прибавлять к тому, что уже прежде сказано. Если хочешь, так в этом и есть самая основная черта римского католичества, по моему мнению по крайней мере: "все, дескать, передано тобою папе и все, стало быть, теперь у папы, а ты хоть и не приходи теперь вовсе, не мешай до времени по крайней мере". В этом смысле они не только говорят, но и пишут, иезуиты по крайней мере. Это я сам читал у их богословов. "Имеешь ли ты право возвестить нам хоть одну из тайн того мира, из которого ты пришел? - спрашивает его мой старик и сам отвечает ему за него, - нет, не имеешь, чтобы не прибавлять к тому, что уже было прежде сказано, и чтобы не отнять у людей свободы, за которую ты так стоял, когда был на земле. Все, что ты вновь возвестишь, посягнет на свободу веры людей, ибо явится как чудо, а свобода их веры тебе была дороже всего еще тогда, полторы тысячи лет назад. Не ты ли так часто тогда говорил: "Хочу сделать вас свободными". Но вот ты теперь увидел этих "свободных" людей, - прибавляет вдруг старик со вдумчивою усмешкой.- Да, это дело нам дорого стоило, - продолжает он, строго смотря на него, - но мы докончили наконец это дело во имя твое.

Fünfzehn Jahrhunderte haben wir uns mit dieser Freiheit abgequält – jetzt ist es mit ihr zu Ende, gründlich zu Ende. Du glaubst das nicht? Du blickst mich sanftmütig an und würdigst mich nicht einmal deines Unwillens? Doch wisse, dass diese Menschen gerade heutzutage mehr als je überzeugt sind, vollkommen frei zu sein; und dabei haben sie selbst uns ihre Freiheit gebracht und sie uns gehorsam zu Füßen gelegt. Aber das haben wir zuwege gebracht! Oder hast du das gewünscht? Hast du so eine Freiheit gewünscht?!«

»Ich verstehe schon wieder nicht«, unterbrach ihn Aljoscha. »Meint er das ironisch, macht er sich lustig?«

»Durchaus nicht. Er rechnet es sich und den Seinen geradezu als Verdienst an, dass sie endlich die Freiheit überwältigt haben, und zwar um die Menschen glücklich zu machen. ›Denn erst jetzt‹, sagt er und meint natürlich die Inquisition, ›erst jetzt ist es zum ersten Mal möglich geworden, an das Glück der Menschen zu denken. Der Mensch war als Rebell erschaffen worden – können Rebellen denn glücklich sein? Du warst gewarnt‹, sagt er zu Ihm. ›Du hattest keinen Mangel an Warnungen und Hinweisen, aber du hörtest nicht auf sie. Du verschmähtest den einzigen Weg, auf dem es möglich war, die Menschen glücklich zu machen. Doch zum Glück übergabst du diese Aufgabe uns, als du weggingst, du versprachst es, du bekräftigtest es mit deinem Wort, du gabst uns das Recht zu binden und zu lösen – und natürlich kannst du dir jetzt nicht einfallen lassen, uns dieses Recht wieder zu

Пятнадцать веков мучились мы с этою свободой, но теперь это кончено, и кончено крепко. Ты не веришь, что кончено крепко? Ты смотришь на меня кротко и не удостоиваешь меня даже негодования? Но знай, что теперь и именно ныне эти люди уверены более чем когда-нибудь, что свободны вполне, а между тем сами же они принесли нам свободу свою и покорно положили ее к ногам нашим. Но это сделали мы, а того ль ты желал, такой ли свободы?"

- Я опять не понимаю, - прервал Алеша, - он иронизирует, смеется?

- Нимало. Он именно ставит в заслугу себе и своим, что наконец-то они побороли свободу и сделали так для того, чтобы сделать людей счастливыми. "Ибо теперь только (то есть он, конечно, говорит про инквизицию) стало возможным помыслить в первый раз о счастии людей. Человек был устроен бунтовщиком; разве бунтовщики могут быть счастливыми? Тебя предупреждали, - говорит он ему, - ты не имел недостатка в предупреждениях и указаниях, но ты не послушал предупреждений, ты отверг единственный путь, которым можно было устроить людей счастливыми, но, к счастью, уходя, ты передал дело нам. Ты обещал, ты утвердил своим словом, ты дал нам право связывать и развязывать и уж, конечно, не можешь и думать отнять у нас это право теперь. Зачем же ты пришел нам мешать?"

nehmen. Warum also bist du gekommen, uns zu stören?‹«

»Was bedeutet das: ›Du hattest keinen Mangel an Warnungen und Hinweisen‹? « fragte Aljoscha.

»Das ist gerade der Hauptpunkt, über den der Greis sich unbedingt aussprechen möchte. ›Der furchtbare und kluge Geist, der Geist der Selbstvernichtung und des Nichtseins‹, fährt der Greis fort, ›der große Geist hat mit dir in der Wüste gesprochen, und es ist uns in der Schrift überliefert, dass er dich versucht hat. War es so? Und hätte er dir etwas Wahreres sagen können als das, was er dir in den drei Fragen kundtat? Was in der Schrift ›Versuchungen‹ heißt und von dir zurückgewiesen wurde? Und doch: Wenn es auf Erden jemals ein wahrhaftes, donnergleiches Wunder gegeben hat, so jenes an dem Tag dieser drei Versuchungen. Eben in diesen drei Fragen lag das Wunder. Wenn man sich nur so zur Probe und zum Beispiel vorstellen könnte, diese drei Fragen des furchtbaren Geistes wären spurlos verloren gegangen, und man müsste sie neu stellen, von Neuem ausdenken und formulieren, um sie wieder in die Schrift einzusetzen, und alle Weisen der Erde würden zu diesem Zweck versammelt, Regenten, Erzpriester, Gelehrte, Philosophen und die Dichter, und ihnen würde die Aufgabe gestellt, drei Fragen auszusinnen und zu formulieren, aber so, dass sie nicht nur der Größe des Ereignisses entsprächen, sondern darüber hinaus in drei Worten,

- А что значит: не имел недостатка в предупреждении и указании? - спросил Алеша.

- А в этом-то и состоит главное, что старику надо высказать, "Страшный и умный дух, дух самоуничтожения и небытия, - продолжает старик, - великий дух говорил с тобой в пустыне, и нам передано в книгах, что он будто бы "искушал" тебя. Так ли это? И можно ли было сказать хоть что-нибудь истиннее того, что он возвестил тебе в трех вопросах, и что ты отверг, и что в книгах названо "искушениями"? А между тем если было когда-нибудь на земле совершено настоящее громовое чудо, то это в тот день, в день этих трех искушений. Именно в появлении этих трех вопросов и заключалось чудо. Если бы возможно было помыслить, лишь для пробы и для примера, что три эти вопроса страшного духа бесследно утрачены в книгах и что их надо восстановить, вновь придумать и сочинить, чтоб внести опять в книги, и для этого собрать всех мудрецов земных - правителей, первосвященников, ученых, философов, поэтов - и задать им задачу: придумайте, сочините три вопроса, но такие, которые мало того, что соответствовали бы размеру события, но и выражали бы сверх того, в трех словах,

in nicht mehr als drei menschlichen Sätzen die gesamte künftige Geschichte der Welt und des Menschengeschlechts zum Ausdruck brächten – meinst du, dass die gesamte vereinigte Weisheit der Erde etwas ersinnen könnte, was an Kraft und Tiefe jenen drei Worten gleichkäme, die dir damals von dem mächtigen, klugen Geist in der Wüste tatsächlich vorgelegt wurden? Schon an diesen Fragen, allein an dem Wunder, dass und wie sie gestellt wurden, lässt sich erkennen, dass man es nicht mit einem menschlichen vergänglichen Verstand, sondern mit einem ewigen, absoluten zu tun hat. Denn in diesen drei Fragen ist gleichsam die gesamte weitere Geschichte des Menschengeschlechts zusammengefasst und vorhergesagt. Es sind die drei Formen aufgezeigt, in denen alle unlösbaren historischen Widersprüche der menschlichen Natur auf dieser Erde eingeschlossen sind. Damals konnte das noch nicht verständlich werden, denn die Zukunft war unbekannt. Doch jetzt, da fünfzehn Jahrhunderte vergangen sind, erkennen wir, dass mit diesen drei Fragen alles so genau vorhergesagt und so genau eingetroffen ist, dass ihnen nichts mehr hinzugefügt oder von ihnen weggenommen werden kann.

Entscheide selbst, wer recht hatte: Du oder jener, der dich damals fragte. Erinnere dich an die erste Frage! Wenn sie auch nicht buchstäblich so lautete, ihr Sinn war doch folgender: ›Du willst in die Welt gehen und gehst mit leeren Händen, mit einem Versprechen von Freiheit, das sie in ihrer Einfalt und angeborenen Schlechtigkeit nicht einmal begreifen können, das ih-

в трех только фразах человеческих, всю будущую историю мира и человечества, - то думаешь ли ты, что вся премудрость земли, вместе соединившаяся, могла бы придумать хоть что-нибудь подобное по силе и по глубине тем трем вопросам, которые действительно были предложены тебе тогда могучим и умным духом в пустыне? Уж по одним вопросам этим, лишь по чуду их появления, можно понимать, что имеешь дело не с человеческим текущим умом, а с вековечным и абсолютным. Ибо в этих трех вопросах как бы совокуплена в одно целое и предсказана вся дальнейшая история человеческая и явлены три образа, в которых сойдутся все неразрешимые исторические противоречия человеческой природы на всей земле. Тогда это не могло быть еще так видно, ибо будущее было неведомо, но теперь, когда прошло пятнадцать веков, мы видим, что все в этих трех вопросах до того угадано и предсказано и до того оправдалось, что прибавить к ним или убавить от них ничего нельзя более.

Реши же сам, кто был прав: ты или тот, который тогда вопрошал тебя? Вспомни первый вопрос; хоть и не буквально, но смысл его тот:

nen Furcht und Schrecken einflößt – denn nichts ist jemals für den Menschen und für die menschliche Gesellschaft unerträglicher gewesen als Freiheit! Aber siehst du die Steine hier in dieser nackten, glühenden Wüste? Verwandle sie in Brot, und die Menschheit wird dir wie eine Herde nachlaufen, dankbar und gehorsam, wenn auch in steten Zittern, du könntest deine Hand von ihnen nehmen, und es hätte dann mit deinen Broten für sie ein Ende!‹ Du wolltest den Menschen nicht der Freiheit berauben und verschmähtest den Vorschlag. Denn was ist das für eine Freiheit, so urteiltest du, wenn der Gehorsam durch Brot erkauft wird? Du erwidertest, der Mensch lebt nicht vom Brot allein. Weißt du jedoch, dass sich der Geist der Erde im Namen dieses Brotes gegen dich erheben und dich besiegen wird, dass alle ihm folgen werden mit dem Ruf: ›Wer tut es diesem Tier gleich? Es gab uns das Feuer vom Himmel!‹ Weißt du auch, dass die Menschheit nach Jahrhunderten durch den Mund ihrer Weisen und Gelehrten verkünden wird, es gebe kein Verbrechen und folglich auch keine Sünde, sondern es gebe nur Hungrige? Mach sie satt, und verlang erst dann von ihnen Tugend – dies werden sie auf ihr Banner schreiben, das sie gegen dich erheben und durch das sie deinen Tempel stürzen werden. Anstelle deines Tempels wird man einen neuen Bau aufführen. Erheben wird sich erneut ein furchtbarer Turm von Babylon, und obgleich der ebenso wenig wie der frühere zu Ende gebaut werden dürfte, hättest du ihn doch vermeiden und die Leiden der Menschen um tausend Jahre verkürzen können!

"Ты хочешь идти в мир и идешь с голыми руками, с каким-то обетом свободы, которого они, в простоте своей и в прирожденном бесчинстве своем, не могут и осмыслить, которого боятся они и страшатся, - ибо ничего и никогда не было для человека и для человеческого общества невыносимее свободы! А видишь ли сии камни в этой нагой раскаленной пустыне? Обрати их в хлебы, и за тобой побежит человечество как стадо, благодарное и послушное, хотя и вечно трепещущее, что ты отымешь руку свою и прекратятся им хлебы твои." Но ты не захотел лишить человека свободы и отверг предложение, ибо какая же свобода, рассудил ты, если послушание куплено хлебами? Ты возразил, что человек жив не единым хлебом, но знаешь ли, что во имя этого самого хлеба земного и восстанет на тебя дух земли, и сразится с тобою, и победит тебя, и все пойдут за ним, восклицая: "Кто подобен зверю сему, он дам нам огонь с небеси!" Знаешь ли ты, что пройдут века и человечество провозгласит устами своей премудрости и науки, что преступления нет, а стало быть, нет и греха, а есть лишь только голодные. "Накорми, тогда и спрашивай с них добродетели!" - вот что напишут на знамени, которое воздвигнут против тебя и которым разрушится храм твой. На месте храма твоего воздвигнется новое здание, воздвигнется вновь страшная Вавилонская башня, и хотя и эта не достроится, как и прежняя, но все же ты бы мог избежать этой новой башни и на тысячу лет сократить страдания людей,

Zu uns nämlich kommen sie, wenn sie sich tausend Jahre mit ihrem Turm abgequält haben. Sie werden uns wieder unter der Erde suchen, in den Katakomben, in denen wir uns verborgen halten, denn wir werden wieder verfolgt und gemartert sein. Sie werden uns finden und uns zurufen: Macht uns satt! Die uns das Feuer vom Himmel versprachen, haben es uns nicht gegeben ... Und dann werden wir auch ihren Turm zu Ende bauen, denn zu Ende bauen wird ihn, wer sie satt macht. Satt machen aber werden nur wir sie, und wir werden lügen, es geschehe in deinem Namen. Oh, niemals werden sie ohne uns satt werden! Keine Wissenschaft wird ihnen Brot geben, solange sie frei bleiben – und enden wird es damit, dass sie uns ihre Freiheit zu Füßen legen und sagen: Knechtet uns lieber, aber macht uns satt! Sie werden schließlich selbst begreifen, dass Freiheit und reichlich Brot für alle zusammen nicht denkbar ist, denn niemals, niemals werden sie imstande sein, untereinander zu teilen! Sie werden auch zu der Überzeugung gelangen, dass sie niemals frei sein können, weil sie schwach, lasterhaft, bedeutungslos und rebellisch sind. Du versprachst ihnen himmlisches Brot, doch ich wiederhole: lässt sich das in den Augen des schwachen, ewig lasterhaften und ewig undankbaren Menschengeschlechts mit dem irdischen Brot vergleichen? Und wenn dir um des himmlischen Brotes willen Tausende und aber Tausende nachfolgen, was wird dann aus den Millionen und aber Millionen jener Wesen, die nicht die Kraft haben, das irdische Brot um des himmlischen willen gering zu schätzen?

ибо к нам же ведь придут они, промучившись тысячу лет со своей башней! Они отыщут нас тогда опять под землей, в катакомбах, скрывающихся (ибо мы будем вновь гонимы и мучимы), найдут нас и возопиют к нам: "Накормите нас, ибо те, которые обещали нам огонь с небеси, его не дали." И тогда уже мы и достроим их башню, ибо построит тот, кто накормит, а накормим лишь мы, во имя твое, и солжем, что во имя твое. О, никогда, никогда без нас они не накормят себя! Никакая наука не даст им хлеба, пока они будут оставаться свободными, но кончится тем, что они принесут свою свободу к ногам нашим и скажут нам: "Лучше поработите нас, но накормите нас". Поймут наконец сами, что свобода и хлеб земной вдоволь для всякого вместе немыслимы, ибо никогда, никогда не сумеют они разделиться между собою! Убедятся тоже, что не могут быть никогда и свободными, потому что малосильны, порочны, ничтожны и бунтовщики. Ты обещал им хлеб небесный, но, повторяю опять, может ли он сравниться в глазах слабого, вечно порочного и вечно неблагородного людского племени с земным? И если за тобою во имя хлеба небесного пойдут тысячи и десятки тысяч, то что станется с миллионами и с десятками тысяч миллионов существ, которые не в силах будут пренебречь хлебом земным для небесного?

Oder sind dir nur die Tausende von Großen und Starken teuer, und sollen die übrigen Millionen, zahlreich wie Sand am Meer, die Schwachen, die dich lieben, nur als Material für die Großen und Starken dienen? Nein, uns sind auch die Schwachen teuer. Sie sind lasterhaft und rebellisch, schließlich aber werden auch sie gehorsam werden. Sie werden uns anstaunen und für Götter halten, weil wir uns an ihre Spitze stellen, bereit, die Freiheit zu ertragen, vor der sie Angst haben, und über sie zu herrschen, – so schrecklich wird es ihnen schließlich vorkommen, frei zu sein. Aber wir werden sagen, wir seien dir gehorsam und herrschen in deinem Namen. Wir werden sie wieder täuschen, denn dich werden wir nicht mehr zu uns lassen. In dieser Täuschung wird jedoch auch unser Leiden liegen; denn wir werden gezwungen sein zu lügen. Das also hatte diese erste Frage in der Wüste zu bedeuten. Das verschmähtest du um der Freiheit willen, die du höher stelltest als alles andere. Es lag in dieser Frage das große Geheimnis der Welt beschlossen. Hättest du das ›Brot‹ angenommen, so hättest du damit einem allgemeinen und ewigen menschlichen Sehnen entsprochen, dem Sehnen jedes einzelnen Menschen genauso wie dem der gesamten Menschheit, jenem Sehnen, das sich in der Frage ausdrückt: Wen soll ich anbeten? Es gibt für einen Menschen, der frei geblieben ist, keine unausweichlichere, dauerndere, quälendere Sorge, als möglichst rasch jemand zu finden, den er anbeten kann. Aber der Mensch möchte nur etwas anbeten, was bereits unbestritten ist, so unbestritten, dass sich alle Menschen zugleich zu gemeinsamer

Иль тебе дороги лишь десятки тысяч великих и сильных, а остальные миллионы, многочисленные, как песок морской, слабых, но любящих тебя, должны лишь послужить материалом для великих и сильных? Нет, нам дороги и слабые. Они порочны и бунтовщики, но под конец они-то станут и послушными. Они будут дивиться на нас и будут считать нас за богов за то, что мы, став во главе их, согласились выносить свободу и над ними господствовать - так ужасно им станет под конец быть свободными! Но мы скажем, что послушны тебе и господствуем во имя твое. Мы их обманем опять, ибо тебя мы уж не пустим к себе. В обмане этом и будет заключаться наше страдание, ибо мы должны будем лгать. Вот что значил этот первый вопрос в пустыне и вот что ты отверг во имя свободы, которую поставил выше всего. А между тем в вопросе этом заключалась великая тайна мира сего. Приняв "хлебы", ты бы ответил на всеобщую и вековечную тоску человеческую как единоличного существа, так и целого человечества вместе - это: "пред кем преклониться?" Нет заботы беспрерывнее и мучительнее для человека, как, оставшись свободным, сыскать поскорее того, пред кем преклониться.

Anbetung bereitfinden. Denn es ist nicht so sehr die Sorge dieser kläglichen Geschöpfe, etwas zu finden, was ich oder ein anderer anbeten kann, sondern etwas, woran alle glauben und was alle anbeten, unbedingt alle zusammen. Und eben dieses Bedürfnis nach gemeinsamer Anbetung bildet die wesentliche Qual jedes einzelnen Individuums wie der ganzen Menschheit seit Anbeginn der Zeiten. Um der gemeinsamen Anbetung willen vernichteten sie sich gegenseitig mit dem Schwert. Sie schufen sich Götter und riefen einander zu: Entsagt euren Göttern und betet unsere an – oder Tod euch und euren Göttern! Und so wird es sein bis ans Ende der Welt, selbst wenn die Götter aus der Welt verschwinden. Das macht den Menschen nichts aus, dann werden sie eben vor Götzen niederfallen. Du kanntest dieses wichtigste Geheimnis der menschlichen Natur, es konnte dir nicht unbekannt sein. Doch du hast das einzig wirksame Banner, das dir angeboten wurde, um alle zu zwingen, dich widerspruchslos anzubeten – das Banner des irdischen Brotes –, zurückgewiesen. Hast es zurückgewiesen um der Freiheit und des himmlischen Brotes willen. Sieh dir doch an, was du getan hast! Und alles um der Freiheit willen! Ich sage dir, der Mensch kennt keine quälendere Sorge, als jemand zu finden, dem er so schnell wie möglich das Geschenk der Freiheit übergeben kann, mit dem er, dieses unglückliche Geschöpf, geboren wird. Aber nur der bekommt die Freiheit der Menschen in seine Gewalt, der ihr Gewissen beruhigt. Mit dem Brot wurde dir ein unbestrittenes Banner angeboten:

Но ищет человек преклониться пред тем, что уже бесспорно, столь бесспорно, чтобы все люди разом согласились на всеобщее пред ним преклонение. Ибо забота этих жалких созданий не в том только состоит, чтобы сыскать то, пред чем мне или другому преклониться, но чтобы "а сыскать такое, чтоб и все уверовали в него и преклонились пред ним, и чтобы непременно все вместе. Вот эта потребность общности преклонения и есть главнейшее мучение каждого человека единолично и как целого человечества с начала веков. Из-за всеобщего преклонения они истребляли друг друга мечом. Они созидали богов и взывали друг к другу: "Бросьте ваших богов и придите поклониться нашим, не то смерть вам и богам вашим!" И так будет до скончания мира даже и тогда, когда исчезнут в мире и боги: все равно падут пред идолами. Ты знал, ты не мог не знать эту основную тайну природы человеческой, но ты отверг единственное абсолютное знамя, которое предлагалось тебе, чтобы заставить всех преклониться пред тобою бесспорно, - знамя хлеба земного, и отверг во имя свободы и хлеба небесного. Взгляни же, что сделал ты далее. И все опять во имя свободы! Говорю тебе, что нет у человека заботы мучительнее, как найти того, кому бы передать поскорее тот дар свободы, с которым это несчастное существо рождается. Но овладевает свободой людей лишь тот, кто успокоит их совесть.

Wenn du ihm Brot gibst, betet dich der Mensch an, denn nichts ist unbestrittener als das Brot. Doch wenn zur gleichen Zeit ohne dein Wissen jemand sein Gewissen in die Gewalt bekommt – oh, dann lässt der Mensch sogar dein Brot im Stich und folgt dem, der sein Gewissen verführt. In diesem Punkt hattest du recht. Das Geheimnis des menschlichen Seins besteht nämlich nicht darin, dass man lediglich lebt, sondern darin, wofür man lebt. Hat der Mensch keine feste Vorstellung von dem Zweck, für den er lebt, so mag er nicht weiterleben und vernichtet sich eher selbst, als dass er auf der Erde bleibt – mögen auch noch so viele Brote um ihn herumliegen. Und was war nun das Ergebnis? Statt die Freiheit der Menschen in deine Gewalt zu bringen, hast du sie ihnen noch vermehrt! Oder hattest du vergessen, dass Ruhe und sogar Tod dem Menschen lieber sind als freie Wahl in der Erkenntnis von Gut und Böse? Nichts ist für den Menschen verführerischer als die Freiheit seines Gewissens, aber nichts ist auch qualvoller. Statt dem Menschen ein für alle Mal feste Grundlagen zur Beruhigung seines Gewissens zu geben, hast du ihm alles aufgebürdet, was es an Ungewöhnlichem, Rätselhaftem und Unbestimmtem gibt, alles, was die Kraft der Menschen übersteigt. Du hast somit gehandelt, als ob du sie überhaupt nicht liebtest, obwohl du doch gekommen warst, um für sie dein eigenes Leben hinzugeben! Statt die Freiheit der Menschen in deine Gewalt zu bringen, hast du sie vermehrt und mit ihren Qualen das Seelenleben des Menschen für allezeit belastet.

С хлебом тебе давалось бесспорное знамя: дашь хлеб, и человек преклонится, ибо ничего нет бесспорнее хлеба, но если в то же время кто-нибудь овладеет его совестью помимо тебя - о, тогда он даже бросит хлеб твой и пойдет за тем, который обольстит его совесть. В этом ты был прав. Ибо тайна бытия человеческого не в том, чтобы только жить, а в том, для чего жить. Без твердого представления себе, для чего ему жить, человек не согласится жить и скорей истребит себя, чем останется на земле, хотя бы кругом его все были хлебы. Это так, но что же вышло: вместо того чтоб овладеть свободой людей, ты увеличил им ее еще больше! Или ты забыл, что спокойствие и даже смерть человеку дороже свободного выбора в познании добра и зла? Нет ничего обольстительнее для человека, как свобода его совести, но нет ничего и мучительнее. И вот вместо твердых основ для успокоения совести человеческой раз навсегда - ты взял все, что есть необычайного, гадательного и неопределенного, взял все, что было не по силам людей, а потому поступил как бы и не любя их вовсе, - и это кто же: тот, который пришел отдать за них жизнь свою! Вместо того чтоб овладеть людскою свободой, ты умножил ее и обременил ее мучениями душевное царство человека вовеки.

Du wünschtest freiwillige Liebe vonseiten des Menschen, frei sollte er dir nachfolgen, entzückt und gefesselt von dir. Statt des festen alten Gesetzes sollte der Mensch künftig selbst mit freiem Herzen entscheiden, was gut und böse ist, und dabei nur dein Vorbild als Orientierungshilfe vor sich haben. Hast Du dabei wirklich nicht bedacht, dass er schließlich sogar dein Vorbild und deine Wahrheit verwerfen und als unverbindlich ablehnen wird, wenn man ihm so eine furchtbare Last aufbürdet, wie Freiheit der Wahl? Schließlich werden die Menschen sagen, du bist nicht die Wahrheit; denn man konnte sie kaum in größerer Verwirrung und Qual zurücklassen, als du es tatest, indem du ihnen so viele Sorgen und unlösbare Aufgaben hinterließest. Auf diese Weise hast du selbst den Grund zur Zerstörung deines Reiches gelegt und darfst niemand sonst beschuldigen. Dabei wurde dir doch etwas ganz anderes vorgeschlagen! Es gibt auf der Erde nur drei Mächte, die imstande sind, das Gewissen dieser schwächlichen Rebellen zu ihrem Glück für allezeit zu besiegen und zu fesseln: das Wunder, das Geheimnis und die Autorität. Du hast das erste und das zweite und das dritte verschmäht und durch dein eigenes Verhalten ein Beispiel gegeben. Als der furchtbare, kluge Geist dich auf die Zinne des Tempels stellte und sagte: Wenn du wissen willst, ob du Gottes Sohn bist, so stürz dich hinab! Denn von ihm steht geschrieben, dass die Engel ihn auffangen und tragen werden und er nicht fallen und sich nicht stoßen wird. Und dann wirst du erkennen, ob du Gottes Sohn bist, und beweisen, wie groß dein Glaube an deinen Vater

Ты возжелал свободной любви человека, чтобы свободно пошел он за тобою, прельщенный и плененный тобою. Вместо твердого древнего закона - свободным сердцем должен был человек решать впредь сам, что добро и что зло, имея лишь в руководстве твой образ пред собою, - но неужели ты не подумал, что он отвергнет же наконец и оспорит даже и твой образ и твою правду, если его угнетут таким страшным бременем, как свобода выбора? Они воскликнут наконец, что правда не в тебе, ибо невозможно было оставить их в смятении и мучении более, чем сделал ты, оставив им столько забот и неразрешимых задач. Таким образом, сам ты и положил основание к разрушению своего же царства и не вини никого в этом более. А между тем то ли предлагалось тебе? Есть три силы, единственные три силы на земле, могущие навеки победить и пленить совесть этих слабосильных бунтовщиков, для их счастия, - эти силы: чудо, тайна и авторитет. Ты отверг и то, и другое, и третье и сам подал пример тому. Когда страшный и премудрый дух поставил тебя на вершине храма и сказал тебе: "Если хочешь узнать, сын ли ты божий, то верзись внизу ибо сказано про того, что ангелы подхватят и понесут его, и не упадет и не расшибется, и узнаешь тогда, сын ли ты божий, и докажешь тогда, какова вера твоя в отца твоего,

ist ... Aber du hast diesen Vorschlag zurückgewiesen und dich nicht hinabgestürzt. Natürlich handeltest du stolz und großartig wie ein Gott – aber sind die Menschen, dieses schwache, rebellische Geschlecht, etwa Götter? Oh, du hast damals eingesehen: Wenn du auch nur einer Schritt tun, nur eine Bewegung machen würdest, dich hinabzustürzen, würdest du damit Gott versuchen und allen Glauben an ihn verlieren und auf der Erde zerschmettern, die du zu retten gekommen warst; und der kluge Geist, der dich versuchte, würde sich freuen. Aber ich sage noch einmal: Gibt es viele solche wie dich? Und hast du wirklich auch nur einen Augenblick annehmen können, auch die Kraft der Menschen könnte ausreichen, einer derartigen Versuchung zu widerstehen? Ist die Natur des Menschen etwa so beschaffen, dass er das Wunder ablehnen und in solchen schweren Augenblicken des Lebens, Augenblicken der furchtbarsten und qualvollsten letzten Seelenfragen, allein mit der freien Entscheidung des Herzens auskommen kann? Du wusstest, dass Deine Tat in der Schrift festgehalten würde, dass Sie bis ans Ende aller Zeiten und bis an die letzten Grenzen der Erde gelangen würde, und du hofftest, auch der Mensch würde, dir nachfolgend, in der Gemeinschaft mit Gott bleiben, ohne des Wunders zu bedürfen. Aber du wusstest nicht, dass der Mensch, sobald er das Wunder ablehnt, zugleich auch Gott ablehnt, weil er nicht so sehr Gott als vielmehr das Wunder sucht. Und da der Mensch nicht imstande ist, ohne Wunder auszukommen, wird er sich neue Wunder schaffen, eigene Wunder; er wird sich vor den Wundern der Zaube-

но ты, выслушав, отверг предложение и не поддался и не бросился вниз. О, конечно, ты поступил тут гордо и великолепно, как Бог, но люди-то, но слабое бунтующее племя это - они-то боги ли? О, ты понял тогда, что, сделав лишь шаг, лишь движение броситься вниз, ты тотчас бы и искусил Господа, и веру в него всю потерял, и разбился бы о землю, которую спасать пришел, и возрадовался бы умный дух, искушавший тебя. Но, повторяю, много ли таких, как ты? И неужели ты в самом деле мог допустить хоть минуту, что и людям будет под силу подобное искушение? Так ли создана природа человеческая, чтоб отвергнуть чудо и в такие страшные моменты жизни, моменты самых страшных основных и мучительных душевных вопросов своих оставаться лишь со свободным решением сердца? О, ты знал, что подвиг твой сохранится в книгах, достигнет глубины времен и последних пределов земли, и понадеялся, что, следуя тебе, и человек останется с Богом, не нуждаясь в чуде. Но ты не знал, что чуть лишь человек отвергнет чудо, то тотчас отвергнет и Бога, ибо человек ищет не столько Бога, сколько чудес.

rer und Hexen beugen, mag er auch hundertmal als Rebell, Ketzer oder Atheist gelten. Du bist nicht vom Kreuz herabgestiegen, als dir höhnisch zugerufen wurde: Steig herab vom Kreuz, und wir werden glauben, dass du der Sohn Gottes bist! Du bist nicht herabgestiegen, weil du abermals den Menschen nicht durch ein Wunder knechten wolltest, weil du einen freien Glauben wünschtest, keinen Wunderglauben. Du wünschtest freiwillige Liebe und nicht sklavisches Entzücken des Unfreien über eine Macht, die ihm ein für alle Mal Schrecken einflößt. Aber auch hier hast du von den Menschen zu hoch gedacht, denn sie sind allerdings Unfreie, wenn sie auch als Rebellen geschaffen worden sind. Sieh um dich und urteile selbst! Fünfzehn Jahrhunderte sind jetzt verflossen; bitte, sieh dir die Menschen an: wen hast du zu dir emporgehoben? Ich schwöre dir, der Mensch ist schwächer und niedriger, als du geglaubt hast! Kann er, frage ich, überhaupt ausführen, was du ausgeführt hast? Indem du ihn so hoch einschätztest, hast du gehandelt, als ob du kein Mitleid mehr für ihn empfändest, du hast zu viel von ihm verlangt, du, der du ihn doch mehr liebtest als dich selbst! Hättest du ihn weniger hoch eingeschätzt, hättest du auch weniger von ihm verlangt; das wäre der Liebe näher gekommen, denn es hätte seine Bürde leichter gemacht. Er ist schwach und gemein. Dass er jetzt überall gegen unsere Macht rebelliert und auf diese Rebellion stolz ist – was will das besagen? Das ist der Stolz eines Kindes, eines Schulknaben. Das sind Kinder, die in der Klasse revoltieren und den Lehrer vertreiben.

И так как человек оставаться без чуда не в силах, то насоздаст себе новых чудес, уже собственных, и поклонится уже знахарскому чуду, бабьему колдовству, хотя бы он сто раз был бунтовщиком, еретиком и безбожником.

Ты не сошел со креста, когда кричали тебе, издеваясь и дразня тебя: "Сойди со креста и уверуем, что это ты". Ты не сошел потому, что опять-таки не захотел поработить человека чудом и жаждал свободной веры, а не чудесной. Жаждал свободной любви, а не рабских восторгов невольника пред могуществом, раз навсегда его ужаснувшим. Но и тут ты судил о людях слишком высоко, ибо, конечно, они невольники, хотя и созданы бунтовщиками. Озрись и суди, вот прошло пятнадцать веков, поди посмотри на них: кого ты вознес до себя? Клянусь, человек слабее и ниже создан, чем ты о нем думал! Может ли, может ли он исполнить то, что и ты? Столь уважая его, ты поступил, как бы перестав ему сострадать, потому что слишком много от него и потребовал, - и это кто же, тот, который возлюбил его более самого себя! Уважая его менее, менее бы от него и потребовал, а это было бы ближе к любви, ибо легче была бы ноша его. Он слаб и подл. Что в том, что он теперь повсеместно бунтует против нашей власти и гордится, что он бунтует? Это гордость ребенка и школьника. Это маленькие дети, взбунтовавшиеся в классе и выгнавшие учителя.

Aber auch der Jubel dieser Kinder wird sein Ende finden; er wird ihnen teuer zu stehen kommen. Sie werden die Tempel niederreißen und die Erde mit Blut überschwemmen. Aber schließlich werden die dummen Kinder merken, dass sie doch nur schwächliche Rebellen sind, die ihre eigene Rebellion nicht aushalten. In dumme Tränen ausbrechend, werden sie bekennen, dass sich derjenige, der sie zu Rebellen erschaffen hat, ohne Zweifel über sie hat lustig machen wollen. Sie werden das voller Verzweiflung sagen, und was sie sagen, wird eine Gotteslästerung sein, die sie noch unglücklicher macht; denn die menschliche Natur erträgt keine Gotteslästerung und bestraft sich zuletzt immer selbst dafür. Und so sind jetzt Unruhe, Verwirrung und Unglück das Los der Menschen, nachdem du so viel für ihre Freiheit gelitten hast! Dein großer Prophet sagt in einer allegorischen Vision, er habe alle Teilnehmer der ersten Auferstehung gesehen, aus jedem Stamm zwölftausend. Aber wenn es so viele waren, dann waren auch sie wohl kaum Menschen, sondern Götter. Sie haben dein Kreuz getragen. Sie haben es erduldet, jahrzehntelang in der öden Wüste zu leben und sich von Heuschrecken und Wurzeln zu ernähren. Du kannst in der Tat stolz auf diese Kinder der Freiheit hinweisen, die dich freiwillig geliebt und um deines Namens willen freiwillig ein so großartiges Opfer gebracht haben. Aber vergiss nicht, dass es im ganzen nur ein paar Tausend waren, und zwar Götter – aber die übrigen? Was können die übrigen, die schwachen Menschen, dafür, dass sie nicht dasselbe ertragen konnten wie die Starken?

Но придет конец и восторгу ребятишек, он будет дорого стоить им. Они ниспровергнут храмы и зальют кровью землю. Но догадаются наконец глупые дети, что хоть они и бунтовщики, но бунтовщики слабосильные, собственного бунта своего не выдерживающие. Обливаясь глупыми слезами своими, они сознаются наконец, что создавший их бунтовщиками, без сомнения, хотел посмеяться над ними. Скажут это они в отчаянии, и сказанное ими будет богохульством, от которого они станут еще несчастнее, ибо природа человеческая не выносит богохульства и в конце концов сама же всегда и отмстит за него. Итак, неспокойство, смятение и несчастие - вот теперешний удел людей после того, как ты столь претерпел за свободу их! Великий пророк твой в видении и в иносказании говорит, что видел всех участников первого воскресения и что было их из каждого колена по двенадцати тысяч. Но если было их столько, то были и они как бы не люди, а боги. Они вытерпели крест твой, они вытерпели десятки лет голодной и нагой пустыни, питаясь акридами и кореньями, - и уж, конечно, ты можешь с гордостью указать на этих детей свободы, свободной любви, свободной и великолепной жертвы их во имя твое. Но вспомни, что их было всего только несколько тысяч, да и то богов, а остальные? И чем виноваты остальные слабые люди, что не могли вытерпеть того, что могучие?

Was kann eine schwache Seele dafür, dass sie nicht imstande ist, so furchtbare Gaben aufzunehmen? Bist du wirklich nur zu den Auserwählten und für die Auserwählten gekommen? Wenn es so ist, liegt hier ein Geheimnis vor, und wir können es nicht verstehen. Wenn aber ein Geheimnis vorliegt, so waren auch wir berechtigt, dies zu verkünden und die Menschen zu lehren, dass nicht der freie Entschluss Ihrer Herzen und nicht die Liebe das Entscheidende ist, sondern jenes Geheimnis, dem sie sich blind unterordnen müssen, selbst gegen ihr Gewissen. Das haben wir denn auch getan. Wir haben deine Tat verbessert und sie auf das Wunder, das Geheimnis und die Autorität gegründet. Und die Menschen freuten sich, dass sie wieder wie eine Herde geleitet wurden und dass endlich das furchtbare Geschenk, das ihnen so viel Qual bereitet hatte, von ihren Herzen genommen war. Sprich, waren wir berechtigt, so zu lehren und so zu handeln? Haben wir die Menschheit etwa nicht geliebt, als wir so freundlich ihre Schwäche anerkannten, ihre Bürde liebevoll erleichterten und ihrer schwachen Natur sogar die Sünde gestatteten, wenn sie mit unserer Erlaubnis geschah? Warum bist du jetzt gekommen, uns zu stören? Und warum siehst du mich schweigend und durchdringend an mit deinen sanften Augen? Werde zornig! Ich will deine Liebe nicht, weil ich dich selbst nicht liebe. Und was könnte ich vor dir schon verbergen? Als ob ich nicht wüsste, mit wem ich rede! Was ich dir zu sagen habe, ist dir bereits alles bekannt, das lese ich in deinen Augen. Und ich sollte unser Geheimnis vor dir verbergen?

Чем виновата слабая душа, что не в силах вместить столь страшных даров? Да неужто же и впрямь приходил ты лишь к избранным и для избранных? Но если так, то тут тайна и нам не понять ее. А если тайна, то и мы вправе были проповедовать тайну и учить их, что не свободное решение сердец их важно и не любовь, а тайна, которой они повиноваться должны слепо, даже мимо их совести. Так мы и сделали. Мы исправили подвиг твой и основали его на чуде, тайне и авторитете. И люди обрадовались, что их вновь повели как стадо и что с сердец их снят наконец столь страшный дар, принесший им столько муки. Правы мы были, уча и делая так, скажи? Неужели мы не любили человечества, столь смиренно сознав его бессилие, с любовью облегчив его ношу и разрешив слабосильной природе его хотя бы и грех, но с нашего позволения? К чему же теперь пришел нам мешать? И что ты молча и проникновенно глядишь на меня кроткими глазами своими? Рассердись, я не хочу любви твоей, потому что сам не люблю тебя. И что мне скрывать от тебя? Или я не знаю, с кем говорю? То, что имею сказать тебе, все тебе уже известно, я читаю это в глазах твоих. И я ли скрою от тебя тайну нашу?

Vielleicht willst du es gerade aus meinem Munde vernehmen. So höre denn! Wir sind nicht mit dir im Bunde, sondern mit ihm – das ist unser Geheimnis! Wir sind schon seit langer Zeit nicht mehr mit dir im Bunde, sondern mit ihm, schon acht Jahrhunderte lang. Genau acht Jahrhunderte ist es her, dass wir von ihm annahmen, was du unwillig zurückgewiesen hast: jene letzte Gabe, die er dir anbot, indem er dir alle Reiche der Erde zeigte. Wir haben von ihm Rom empfangen und das Schwert des Cäsar und haben uns selbst zu Herren der Erde, zu ihren einzigen Herren erklärt, obwohl wir unser Werk bis heute noch nicht zum vollen Abschluss zu bringen vermochten. Aber wessen Schuld ist das? Oh, dieses Werk befindet sich jetzt erst im Anfangsstadium, aber begonnen ist es. Lange noch werden wir auf seine Vollendung warten müssen, und viel wird die Erde noch leiden. Aber wir werden ans Ziel gelangen, wir werden Cäsaren sein, und dann werden wir auch an das Glück aller Menschen auf Erden denken. Du aber hättest schon damals das Schwert des Cäsar ergreifen können. Warum hast du diese letzte Gabe zurückgewiesen? Hättest du diesen dritten Rat des mächtigen Geistes angenommen, so hättest du alle Wünsche erfüllt, die der Mensch hier auf Erden hegt. Er hätte jemand gehabt, den er anbeten und dem er sein Gewissen anvertrauen kann; er hätte die Möglichkeit gesehen, dass sich endlich alle gemeinsam und einmütig zu einem umfassenden, von niemand bestrittenen Ameisenhaufen vereinigen. Das Bedürfnis zu universeller Vereinigung ist nämlich die dritte und letzte Qual der Menschen.

Может быть, ты именно хочешь услышать ее из уст моих, слушай же: мы не с тобой, а с ним, вот наша тайна! Мы давно уже не с тобою, а с ним, уже восемь веков. Ровно восемь веков назад как мы взяли от него то, что ты с негодованием отверг, тот последний дар, который он предлагал тебе, показав тебе все царства земные: мы взяли от него Рим и меч кесаря и объявили лишь себя царями земными, царями едиными, хотя и доныне не успели еще привести наше дело к полному окончанию. Но кто виноват? О, дело это до сих пор лишь в начале, но оно началось. Долго еще ждать завершения его, и еще много выстрадает земля, но мы достигнем и будем кесарями и тогда уже помыслим о всемирном счастии людей. А между тем ты бы мог еще и тогда взять меч кесаря. Зачем ты отверг этот последний дар? Приняв этот третий совет могучего духа, ты восполнил бы все, чего ищет человек на земле, то есть: пред кем преклониться кому вручить совесть и каким образом соединиться наконец всем в бесспорный общий и согласный муравейник, ибо потребность всемирного соединения есть третье и последнее мучение людей.

Immer hat die Menschheit in ihrer Gesamtheit danach gestrebt, sich unter allen Umständen universell zu gestalten. Es hat viele große Völker mit großer Geschichte gegeben. Doch je höher diese Völker standen, desto unglücklicher waren sie, weil sie stärker als die anderen das Bedürfnis nach einer universellen Vereinigung der Menschen empfanden. Große Eroberer, wie Timur und Dschingis-Khan, fegten wie ein Wirbelsturm über die Erde, bestrebt, die Welt zu erobern. Aber auch sie drückten, obgleich unbewusst, das große Bedürfnis der Menschheit nach allgemeiner, allumfassender Vereinigung aus. Hättest du das Schwert und den Purpur des Cäsar angenommen, so hättest du eine Weltherrschaft begründet und der ganzen Welt Ruhe gebracht. Denn wem anders steht es zu, über die Menschen zu herrschen, als denen, die das Gewissen der Menschen in ihrer Gewalt haben und in deren Händen das Brot der Menschen ist? Wir unsererseits haben das Schwert des Cäsar ergriffen; dabei haben wir uns freilich von dir abgewandt und sind ihm gefolgt. Oh, noch jahrhundertelang wird der Unfug des freien Verstandes, der Wissenschaft und Menschenfresserei dauern! Denn sie, die ihren babylonischen Turm ohne uns aufzuführen begannen, werden bei der Menschenfresserei enden. Doch dann, dann wird das Tier zu uns gekrochen kommen und unsere Füße lecken und sie mit den blutigen Tränen seiner Augen benetzen. Und wir werden uns auf das Tier setzen und den Kelch erheben, auf dem geschrieben steht: Geheimnis! Erst dann wird für die Menschen das Reich der Ruhe und des Glücks anbrechen.

Всегда человечество в целом своем стремилось устроиться непременно всемирно. Много было великих народов с великою историей, но чем выше были эти народы, тем были и несчастнее, ибо сильнее других сознавали потребность всемирности соединения людей. Великие завоеватели, Тимуры и Чингис-ханы, пролетели как вихрь по земле, стремясь завоевать вселенную, но и те, хотя и бессознательно, выразили ту же самую великую потребность человечества ко всемирному и всеобщему единению. Приняв мир и порфиру кесаря, основал бы всемирное царство и дал всемирный покой. Ибо кому же владеть людьми как не тем, которые владеют их совестью и в чьих руках хлебы их. Мы и взяли меч кесаря, а взяв его, конечно, отвергли тебя и пошли за ним. О, пройдут еще века бесчинства свободного ума, их науки и антропофагии, потому что, начав возводить свою Вавилонскую башню без нас, они кончат антропофагией. Но тогда-то и приползет к нам зверь, и будет лизать ноги наши, и обрызжет их кровавыми слезами из глаз своих. И мы сядем на зверя и воздвигнем чашу, и на ней будет написано: "Тайна!" Но тогда лишь и тогда настанет для людей царство покоя и счастия.

Du bist stolz auf deine Auserwählten. Aber du hast nur Auserwählte, während wir allen Ruhe bringen. Und noch eins. Wie viele von diesen Auserwählten und von den Starken, die da hätten Auserwählte werden können, sind es schließlich müde geworden, auf dich zu warten! Sie haben die Kräfte ihres Geistes und die Glut ihres Herzens auf ein anderes Feld übertragen und tun das auch jetzt noch und werden es tun, bis sie ihr Freiheitsbanner sogar gegen dich erheben. Aber du selbst hast dieses Banner erhoben. Bei uns jedoch werden alle glücklich sein und nicht mehr rebellieren und einander vernichten, wie es unter deiner Freiheit allerorten geschah. Oh, wir werden sie davon überzeugen, dass sie erst dann wahrhaft frei sein werden, wenn sie ihrer Freiheit zu unseren Gunsten entsagen und uns gehorchen. Nun, werden wir damit recht haben? Oder wird das eine Lüge sein? Sie werden selber einsehen, dass wir recht haben! Denn sie werden sich erinnern, zu welcher schrecklichen Sklaverei und Verwirrung sie deine Freiheit gebracht hat. Freiheit, freie Vernunft und Wissenschaft werden sie in solche Abgründe führen und sie vor solche Wunder und solche unlöslichen Geheimnisse stellen, dass manche von ihnen, die Unbotmäßigen und Trotzigen, sich selbst vernichten, andere, die Unbotmäßigen, aber Schwachen, sich gegenseitig vernichten, und die dritten, die Schwächlichen und Unglücklichen, uns zu Füßen kriechen und zu uns aufwinseln werden: Ja, ihr hattet recht! Ihr allein wart im Besitz seines Geheimnisses! Wir kehren zu euch zurück, rettet uns vor uns selbst!

Ты гордишься своими избранниками, но у тебя лишь избранники, а мы успокоим всех. Да и так ли еще: сколь многие из этих избранников, из могучих, которые могли бы стать избранниками, устали наконец, ожидая тебя, и понесли и еще понесут силы духа своего и жар сердца своего на иную ниву и кончат тем, что на тебя же и воздвигнут свободное знамя свое. Но ты сам воздвиг это знамя. У нас же все будут счастливы и не будут более ни бунтовать, ни истреблять друг друга, как в свободе твоей, повсеместно. О, мы убедим их, что они тогда только и станут свободными, когда откажутся от свободы своей для нас и нам покорятся. И что же, правы мы будем или солжем? Они сами убедятся, что правы, ибо вспомнят, до каких ужасов рабства и смятения доводила их свобода твоя. Свобода, свободный ум и наука заведут их в такие дебри и поставят пред такими чудами и неразрешимыми тайнами, что одни из них, непокорные и свирепые, истребят себя самих, другие, непокорные, но малосильные, истребят друг друга, а третьи, оставшиеся, слабосильные и несчастные, приползут к ногам нашим и возопиют к нам: "Да, вы были правы, вы одни владели тайной его, и мы возвращаемся к вам, спасете нас от себя самих".

Wenn Sie von uns Brot erhalten, werden sie allerdings deutlich erkennen, dass wir ihnen ihr eigenes Brot, das sie mit ihren eigenen Händen erarbeitet haben, wegnehmen, um es dann wieder unter sie zu verteilen, ohne jedes Wunder. Sie werden sehen, dass wir nicht Steine in Brot verwandelt haben, doch in Wahrheit werden sie sich – mehr als über das Brot selbst – darüber freuen, dass sie es aus unseren Händen empfangen! Sie werden sich nämlich sehr gut erinnern, dass sich früher, ohne uns, das durch ihre Arbeit erworbene Brot in ihren Händen in Steine verwandelte, dass aber nach ihrer Rückkehr zu uns selbst die Steine in ihren Händen zu Brot wurden. Und sehr wohl werden sie zu schätzen wissen, was es bedeutet, sich ein für allemal zu unterwerfen! Solange die Menschen das nicht begreifen, werden Sie unglücklich sein. Und nun sag, wer hat am meisten zu diesem Unverständnis beigetragen? Wer hat die Herde zersplittert und auf unbekannte Wege versprengt? Die Herde wird sich jedoch von Neuem sammeln und von Neuem unterwerfen, und dann ein für alle Mal. Dann werden wir den Menschen ein stilles, friedliches Glück gewähren: das Glück der schwachen Wesen, als die sie nun einmal geschaffen sind. Oh, wir werden sie schließlich überreden, ihren Stolz abzulegen! Du hast sie emporgehoben und dadurch stolz gemacht. Wir werden ihnen beweisen, dass sie nur schwache, armselige Kinder sind, dass aber das Glück von Kindern süßer ist als jedes andere. Sie werden eingeschüchtert zu uns aufblicken und sich ängstlich an uns drücken – wie die Kücken an die Henne.

Получая от нас хлебы, конечно, они ясно будут видеть, что мы их же хлебы, их же руками добытые, берем у них, чтобы им же раздать, безо всякого чуда, увидят, что не обратили мы камней в хлебы, но воистину более, чем самому хлебу, рады они будут тому, что получают его из рук наших! Ибо слишком будут помнить, что прежде, без нас, самые хлебы, добытые ими, обращались в руках их лишь в камни, а когда они воротились к нам, то самые камни обратились в руках их в хлебы. Слишком, слишком оценят они, что значит раз навсегда подчиниться! И пока люди не поймут сего, они будут несчастны. Кто более всего способствовал этому непониманию, скажи? Кто раздробил стадо и рассыпал его по путям неведомым? Но стадо вновь соберется и вновь покорится, и уже раз навсегда. Тогда мы дадим им тихое, смиренное счастье, счастье слабосильных существ, какими они и созданы. О, мы убедим их наконец не гордиться, ибо ты вознес их и тем научил гордиться; докажем им, что они слабосильны, что они только жалкие дети, но что детское счастье слаще всякого. Они станут робки и станут смотреть на нас и прижиматься к нам в страхе, как птенцы к наседке.

Sie werden uns anstaunen und fürchten und stolz sein, dass unsere Macht und Klugheit uns befähigt hat, so eine störrische Herde von tausend Millionen zu zähmen. Sie werden kraftlos zittern vor unserem Zorn, Ihr Geist wird verzagen, ihre Augen werden dem Weinen nahe sein wie die von Kindern und Frauen – doch ebenso leicht werden sie auch auf unseren Wink zu Fröhlichkeit und Gelächter, zu heller Freude und glückseligen Kinderliedchen übergehen. Ja, wir werden sie zwingen zu arbeiten; ihre arbeitsfreien Stunden aber werden wir ihnen zu einem kindlichen Spiel umgestalten, mit Kinderliedern, Chorgesängen und unschuldigen Tänzen. Oh, wir werden ihnen auch die Sünde erlauben. Sie sind kraftlos und werden uns wie Kinder dafür lieben, dass wir ihnen gestatten zu sündigen. Wir werden ihnen sagen, jede Sünde könne wiedergutgemacht werden, sofern sie mit unserer Erlaubnis begangen worden ist. Und wenn ihnen also von uns gestattet werde zu sündigen, so habe das seinen Grund in unserer Liebe zu ihnen. Die Strafe für diese Sünden seien wir bereit, auf uns zu nehmen. Und wir werden sie auch auf uns nehmen! Sie aber werden uns als ihre Wohltäter vergöttern, weil wir vor Gott ihre Sünden auf uns nehmen. Und sie werden keinerlei Geheimnisse vor uns haben. Wir werden ihnen erlauben oder verbieten, mit ihren Frauen und Geliebten zu leben, Kinder zu haben oder keine Kinder zu haben, alles je nach ihrem Gehorsam, und sie werden sich uns mit Lust und Freude unterwerfen. Auch die qualvollsten Geheimnisse ihres Gewissens – alles werden sie uns anvertrauen, und wir werden alles

Они будут дивиться и ужасаться на нас и гордиться тем, что мы так могучи и так умны, что могли усмирить такое буйное тысячемиллионное стадо. Они будут расслабленно трепетать гнева нашего, умы их оробеют; глаза их станут слезоточивы, как у детей и женщин, но столь же легко будут переходить они по нашему мановению к веселью и к смеху, светлой радости и счастливой детской песенке. Да, мы заставим их работать, но в свободные от труда часы мы устроим им жизнь как детскую игру, с детскими песнями, хором, с невинными плясками. О, мы разрешим им и грех, они слабы и бессильны, и они будут любить нас как дети за то, что мы им позволим грешить. Мы скажем им, что всякий грех будет искуплен, если сделан будет с нашего позволения; позволяем же им грешить потому, что их любим, наказание же за эти грехи, так и быть, возьмем на себя. И возьмем на себя, а нас они будут обожать как благодетелей, понесших на себе их грехи пред Богом. И не будет у них никаких от нас тайн. Мы будем позволять или запрещать им жить с их женами и любовницами, иметь или не иметь детей - все судя по их послушанию - и они будут нам покоряться с весельем и радостью.

entscheiden. Und sie werden unserer Entscheidung mit Freuden glauben, weil sie durch diese von der großen Sorge und der furchtbaren Qual freier persönlicher Entscheidung befreit sein werden. Und alle die Millionen von Wesen werden glücklich sein, mit Ausnahme der Hunderttausend, die über sie herrschen. Denn nur wir, die Hüter des Geheimnisses, werden unglücklich sein. Es wird Tausende von Millionen glücklicher Kinder geben und hunderttausend Dulder, die den Fluch der Erkenntnis von Gut und Böse auf sich genommen haben. Still werden sie sterben, still in deinem Namen erlöschen und jenseits des Grabes nur den Tod finden. Das jedoch werden wir geheimhalten und die Menschen durch die Verheißung einer ewigen, himmlischen Belohnung zu ihrem eigenen Glück locken. Denn selbst wenn es etwas im Jenseits gäbe, dann doch sicherlich nicht für solche wie sie. Es wird prophezeit, du würdest wiederkommen mit deinen Auserwählten, mit deinen Stolzen und Starken und einen neuen Sieg erringen. Aber wir werden sagen, diese hätten nur sich selbst gerettet, wir hingegen alle Menschen. Es wird gesagt, die Hure, die auf dem Tier sitzt und das Geheimnis in ihren Händen hält, würde beschimpft werden, und die Schwachen würden sich abermals empören und das Purpurgewand der Hure zerreißen und ihren gemeinen Körper entblößen. Doch dann werde ich aufstehen und dich auf die Tausende von Millionen glücklicher Kinder hinweisen, die keine Sünde gekannt haben. Und wir, die wir um ihres Glückes willen ihre Sünde auf uns genommen haben, werden vor dich hintreten und sagen: Verurteile uns,

Самые мучительные тайны их совести - все, все понесут они нам, и мы все разрешим, и они поверят решению нашему с радостию, потому что оно избавит их от великой заботы и страшных теперешних мук решения личного и свободного. И все будут счастливы, все миллионы существ, кроме сотни тысяч управляющих ими. Ибо лишь мы, мы, хранящие тайну, только мы будем несчастны. Будет тысячи миллионов счастливых младенцев и сто тысяч страдальцев, взявших на себя проклятие познания добра и зла. Тихо умрут они, тихо угаснут во имя твое и за гробом обрящут лишь смерть. Но мы сохраним секрет и для их же счастия будем манить их наградой небесною и вечною. Ибо если б и было что на том свете, то уж, конечно, не для таких, как они. Говорят и пророчествуют, что ты придешь и вновь победишь, придешь со своими избранниками, со своими гордыми и могучими, но мы скажем, что они спасли лишь самих себя, а мы спасли всех. Говорят, что опозорена будет блудница, сидящая на звере и держащая в руках своих тайну, что взбунтуются вновь малосильные, что разорвут порфиру ее и обнажат ее "гадкое" тело. Но я тогда встану и укажу тебе на тысячи миллионов счастливых младенцев не знавших греха. И мы, взявшие грехи их для счастья их на себя, мы станем пред тобой и скажем:

wenn du das kannst und wagst! Du sollst wissen, daß ich dich nicht fürchte. Daß auch ich in der Wüste war, daß auch ich mich von Heuschrecken und Wurzeln ernährte, daß auch ich die Freiheit segnete, mit der du die Menschen gesegnet hattest, daß auch ich mich vorbereitete, in die Schar deiner Auserwählten, der Starken und Mächtigen, einzutreten mit dem heißen Wunsch, ihre Zahl voll zu machen. Aber ich kam zur Besinnung und hatte kein Verlangen mehr, dem Wahnsinn zu dienen. Ich kehrte zurück und schloß mich denen an, die deine Tat verbesserten. Ich ging fort von den Stolzen und kehrte zu den Demütigen zurück, um diese glücklich zu machen. Was ich dir sage, wird in Erfüllung gehen, und unser Reich wird errichtet werden. Ich wiederhole, schon morgen wirst du sehen, wie diese gehorsame Herde auf meinen ersten Wink herbeistürzt und glühende Kohlen für deinen Scheiterhaufen zusammenscharrt. Für den Scheiterhaufen, auf dem ich dich verbrennen werde dafür, daß du gekommen bist, uns zu stören. Wenn jemals einer vor allen anderen unseren Scheiterhaufen verdient hat, so bist du es. Morgen werde ich dich verbrennen. Dixi.‹«

Iwan schwieg. Er war beim Sprechen in Eifer geraten und hatte sich von seinem Stoff hinreißen lassen. Doch als er fertig war, lächelte er auf einmal.

Aljoscha hatte ihm die ganze Zeit schweigend zugehört; gegen Ende war er vor Erregung wiederholt im Begriff, den Bruder zu unterbrechen, hatte sich aber

"Суди нас, если можешь и смеешь. Знай, что я не боюсь тебя. Знай, что и я был в пустыне, что и я питался акридами и кореньями, что и я благословлял свободу, которою ты благословил людей, и я готовился стать в число избранников твоих, в число могучих и сильных с жаждой "восполнить число". Но я очнулся и не захотел служить безумию. Я воротился и примкнул к сонму тех, которые исправили подвиг твой. Я ушел от гордых и воротился к смиренным для счастья этих смиренных. То, что я говорю тебе, сбудется, и царство наше созиждется. Повторяю тебе, завтра же ты увидишь это послушное стадо, которое по первому мановению моему бросится подгребать горячие угли к костру твоему, на котором сожгу тебя за то, что пришел нам мешать. Ибо если был кто всех более заслужил наш костер, то это ты. Завтра сожгу тебя. Dixi[5] ".

Иван остановился. Он разгорячился, говоря, и говорил с увлечением; когда же кончил, то вдруг улыбнулся.

---

[5] Так я сказал (лат.)

offenbar gewaltsam beherrscht. Doch jetzt sprang er plötzlich auf und fing an zu reden.

»Aber, das ist ja Unsinn!« rief er errötend. »Deine Dichtung ist ein Lob Jesu, keine Schmähung, die du doch wolltest. Und wer soll dir glauben, was du da von der Freiheit gesagt hast? Muß man sie denn ausgerechnet so auffassen? Ist das etwa die Auffassung unserer rechtgläubigen Kirche? Das ist Rom, und nicht einmal das ganze Rom! Das ist eine Unwahrheit! – Das sind nur die schlechtesten Elemente des Katholizismus, die Inquisitoren, die Jesuiten! Und eine solche Phantasieperson wie deinen Inquisitor kann es überhaupt nicht geben. Was sind das für Sünden der Menschen, die da auf sich genommen wurden? Was sind das für Geheimnisträger, die einen bestimmten Fluch auf sich genommen haben, um die Menschen glücklich zu machen? Wann hat man von ihnen gehört? Wir kennen die Jesuiten, es wird schlecht über sie gesprochen, trifft aber auf sie zu, was du da sagst? Sie sind ganz und gar nicht so, überhaupt nicht ... Sie sind einfach die römische Armee für das künftige irdische Weltreich, an dessen Spitze der römische Erzpriester als Imperator stehen soll ... Das ist ihr Ideal, ohne alle Geheimnisse und ohne allen erhabenen Kummer ... Es handelt sich um das einfachste Verlangen nach Macht, nach schmutzigen irdischen Gütern, nach Ausbeutung, nach einer neuen Art von Leibeigenschaft, wobei sie natürlich selbst die Gutsbesitzer werden möchten. Das ist alles, was sie wollen. Vielleicht glauben sie gar

Алеша, все слушавший его молча, под конец же, в чрезвычайном волнении, много раз пытавшимся перебить речь брата, но видимо себя сдерживавший, вдруг заговорил, точно сорвался с места.

- Но... это нелепость! - вскричал он, краснея. - Поэма твоя есть хвала Иисусу, а не хула... как ты хотел того. И кто тебе поверит о свободе? Так ли, так ли надо ее понимать! То ли понятие в православии... Это Рим, да и Рим не весь, это неправда - это худшие из католичества, инквизиторы, иезуиты!.. Да и совсем не может быть такого фантастического лица, как твой инквизитор. Какие это грехи людей, взятые на себя? Какие это носители тайны, взявшие на себя какое-то проклятие для счастия людей? Когда они виданы? Мы знаем иезуитов, про них говорят дурно, но то ли они, что у тебя? Совсем они не то, вовсе не то... Они просто римская армия для будущего всемирного земного царства, с императором - римским первосвященником во главе... вот их идеал, но безо всяких тайн и возвышенной грусти... Самое простое желание власти, земных грязных благ, порабощения... вроде будущего крепостного права, с тем что они станут помещиками... вот и все у них.

nicht an Gott. Dein leidender Inquisitor ist nichts als Phantasie ...«

»Halt, halt!« rief Iwan lachend. »Wie du dich ereiferst! Phantasie, sagst du. Nun meinetwegen. Gewiß ist es Phantasie. Aber erlaube mal, meinst du wirklich, die ganze katholische Bewegung der letzten Jahrhunderte sei tatsächlich weiter nichts als ein Streben nach Macht, nur um schmutziger Güter willen? Hat Vater Paissi dir das beigebracht?«

»Nein, nein, im Gegenteil. Vater Paissi hat sich einmal sogar in deinem Sinn geäußert ... Doch nein, es war wohl anders, ganz anders«, verbesserte sich Aljoscha schnell.

»Das ist für mich trotzdem wichtig zu wissen, eine wertvolle Nachricht, trotz deiner Einschränkung. Ich frage dich geradezu: Warum glaubst du, die Jesuiten und Inquisitoren hätten sich einzig und allein um schnöder materieller Güter willen zusammengetan? Warum soll unter ihnen kein einziger Dulder sein, der große Qualen leidet und die Menschheit liebt? Nimm doch einmal an, unter allen, die lediglich nach schmutzigen materiellen Gütern streben, sei auch nur ein einziger von der Art meines greisen Inquisitors gewesen – einer, der selbst in der Wüste Wurzeln gegessen und gegen das Fleisch angekämpft hat, um frei und vollkommen zu werden, der dabei doch sein ganzes Leben lang die Menschheit geliebt und nun plötzlich eingesehen hat, daß es kein großes moralisches

Они и в Бога не веруют, может быть. Твой страдающий инквизитор одна фантазия...

- Да стой, стой, - смеялся Иван, - как ты разгорячился. Фантазия, говоришь ты, пусть! Конечно, фантазия. Но позволь, однако: неужели ты в самом деле думаешь, что все это католическое движение последних веков есть и в самом деле одно лишь желание власти для одних только грязных благ? Уж не отец ли Паисий так тебя учит?

- Нет, нет, напротив, отец Паисий говорил однажды что-то вроде даже твоего... но, конечно, не то, совсем не то, - спохватился вдруг Алеша.

- Драгоценное, однако же, сведение, несмотря на твое: "совсем не то". Я именно спрашиваю тебя, почему твои иезуиты и инквизиторы совокупились для одних только материальных скверных благ? Почему среди них не может случиться ни одного страдальца судимого великою скорбью и любящего человечество? Видишь: предположи, что нашелся хотя один из всех этих желающих одних только материальных и грязных благ - хоть один только такой, как мой старик инквизитор, который сам ел коренья в пустыне и бесновался, побеждая плоть свою, чтобы сделать себя свободным и совершенным,

Glück bedeutet, die Vollkommenheit des Willens zu erreichen, wenn man gleichzeitig davon überzeugt ist, daß Millionen anderer Geschöpfe Gottes dies nicht können und nur zum Hohn geschaffen sind, daß sie nie imstande sein werden, mit ihrer Freiheit zurechtzukommen, daß sich die armseligen Rebellen niemals zu Riesen entwickeln und den Turm fertigbauen werden und daß der große Idealist nicht wegen solcher Gänse von der Harmonie geträumt hat. Nachdem er das alles eingesehen hatte, kehrte er zurück und schloß sich den klugen Leuten an. Wäre so etwas nicht denkbar?«

»Wem schloß er sich an? Welchen klugen Leuten?« rief Aljoscha beinahe wütend. »Sie besitzen gar keinen solchen Verstand und gar keine solchen Geheimnisse! Höchstens ihre Gottlosigkeit, das ist ihr ganzes Geheimnis! Dein Inquisitor glaubt nicht an Gott, das ist sein ganzes Geheimnis!«

»Soll es so ein, meinetwegen! Endlich hast du es erraten. Es ist wirklich so, darin besteht tatsächlich das ganze Geheimnis! Aber ist das etwa kein Leid – wenn auch nur für einen Menschen wie ihn, der in der Wüste sein ganzes Leben austilgte, um eine Großtat zu verrichten, und sich doch nicht kurieren konnte von seiner Liebe zur Menschheit? Am Abend seiner Tage gelangt er mit aller Klarheit zu der Überzeugung, daß nur die Ratschläge des großen, furchtbaren Geistes den Zustand dieser schwächlichen Rebellen, dieser unfertigen, gleichsam nur probeweise hergestellten,

но однако же, всю жизнь свою любивший человечество и вдруг прозревший и увидавший, что невелико нравственное блаженство достигнуть совершенства воли с тем, чтобы в то же время убедиться, что миллионы остальных существ божиих остались устроенными лишь в насмешку, что никогда не в силах они будут справиться со своею свободой, что из жалких бунтовщиков никогда не выйдет великанов для завершения башни, что не для таких гусей великий идеалист мечтал о своей гармонии. Поняв все это, он воротился и примкнул... к умным людям. Неужели этого не могло случиться?

- К кому примкнул, к какие умным людям? - почти в азарте воскликнул Алеша. - Никакого у них нет такого ума и никаких таких тайн и секретов... Одно только разве безбожие, вот и весь их секрет. Инквизитор твой не верует в Бога вот и весь его секрет!

- Хотя бы и так! Наконец-то ты догадался. И действительно так, действительно только в этом и весь секрет, но разве это не страдание, хотя бы для такого, как он, человека, который всю жизнь свою убил на подвиг в пустыне и не излечился от любви к человечеству?

zum Hohn erschaffenen Wesen einigermaßen erträglich gestalten könnten. Und nun, da er davon überzeugt ist, sieht er ein, daß man nach der Weisung des klugen Geistes, des furchtbaren Geistes des Todes und der Zerstörung, verfahren muß, daß man sich zu diesem Zweck der Lüge und der Täuschung bedienen, die Menschen mit Bewußtsein zu Tod und Untergang führen und sie dabei auf dem ganzen Weg betrügen muß, damit sie nicht merken, wohin sie geführt werden, und damit sich diese armseligen Blinden wenigstens unterwegs für glücklich halten. Und wohlgemerkt, der Betrug geschieht im Namen eines Ideals, an das der Greis sein ganzes Leben leidenschaftlich geglaubt hat! Ist das etwa keine Tragik? Und sollte sich auch nur ein einziger solcher Mensch an der Spitze dieser Armee befinden, ›die lediglich um schmutziger Güter willen nach Macht verlangt‹, wäre das nicht schon ausreichend für eine Tragödie? Ja noch mehr, ein einziger solcher Mensch an der Spitze reichte aus, damit für die römische Sache mit all ihren Heeren und Jesuiten endlich eine wirklich führende Idee, die höchste Idee gefunden würde. Ich sage dir unumwunden, ich glaube ganz fest, daß dieser ›einzige‹ Mensch unter den Anführern der Bewegung niemals allein sein kann. Wer weiß, vielleicht hat es auch unter der hohen römischen Geistlichkeit solche ›einzigen‹ gegeben. Wer weiß, vielleicht existiert dieser verfluchte Greis, der die Menschheit so hartnäckig auf seine Art liebt, auch jetzt in Gestalt einer ganzen Schar von vielen ›einzigen‹ Greisen, und zwar nicht zufällig, sondern vielleicht auf Grund eines geheimen Einverständnis-

На закате дней своих он убеждается ясно, что лишь советы великого страшного духа могли бы хоть сколько-нибудь устроить в сносном порядке малосильных бунтовщиков, "недоделанные пробные существа, созданные в насмешку". И вот, убедясь в этом, он видит, что надо идти по указанию умного духа, страшного духа смерти и разрушения, а для того принять ложь и обман и вести людей уже сознательно к смерти и разрушению, и притом обманывать их всю дорогу, чтоб они как-нибудь не заметили, куда их ведут, для того чтобы хоть в дороге-то жалкие эти слепцы считали себя счастливыми. И заметь себе, обман во имя того, в идеал которого столь страстно веровал старик во всю свою жизнь! Разве это не несчастье? И если бы хоть один такой очутился во главе всей этой армии, "жаждущей власти для одних только грязных благ", то неужели же не довольно хоть одного такого, чтобы вышла трагедия? Мало того: довольно и одного такого, стоящего во главе, чтобы нашлась наконец настоящая руководящая идея всего римского дела со всеми его армиями и иезуитами, высшая идея этого дела. Я тебе прямо говорю, что твердо верую, что этот единый человек и не оскудевал никогда между стоящими во главе движения. Кто знает, может быть случались и между римскими первосвященниками эти единые. Кто знает, может быть, этот проклятый старик, столь упорно и столь по-своему любящий человечество, существует и теперь в виде целого сонма многих таковых единых стариков и не случайно вовсе, а существует как

ses, das schon vor langer Zeit getroffen worden ist – zwecks Wahrung des Geheimnisses vor den unglücklichen schwachen Menschen und in der Absicht, sie glücklich zu machen. Sicher ist das so, muß das so sein. Ich stelle mir vor, daß auch die Freimaurer etwas haben, was diesem Geheimnis ähnlich ist, daß die Katholiken deshalb so einen Haß auf die Freimaurer haben, weil sie in ihnen Konkurrenten sehen und eine Auflösung der Einheit der Idee befürchten, wo es doch eine Herde geben soll und einen Hirten ... Übrigens führe ich mich bei der Verteidigung meiner Gedanken auf wie ein Autor, der deine Kritik nicht vertragen kann. Schluß damit!«

»Du bist vielleicht selbst Freimaurer!« entfuhr es Aljoscha plötzlich. »Du glaubst nicht an Gott«, fügte er bekümmert hinzu. Außerdem schien es ihm, als ob ihn der Bruder spöttisch ansähe. »Wie endet denn deine Dichtung?« fragte er plötzlich, die Augen niedergeschlagen. »Oder ist sie schon zu Ende?«

»Ich wollte sie folgendermaßen abschließen: Nachdem der Inquisitor geendet hat, wartet er einige Zeit auf eine Antwort des Gefangenen. Dessen Schweigen wird ihm peinlich. Er hat bemerkt, wie ihm der Gefangene die ganze Zeit still zugehört und eindringlich in die Augen gesehen hat – offenbar ohne die Absicht, etwas zu erwidern. Der Greis möchte, daß Er etwas sagt, und sei es etwas Bitteres, Furchtbares. Doch Er nähert sich plötzlich wortlos dem Greis und küßt ihn sacht auf die blutlosen welken Lippen.

согласие, как тайный союз, давно уже устроенный для хранения тайны, для хранения ее от несчастных и малосильных людей, с тем чтобы сделать их счастливыми. Это непременно есть, да и должно так быть. Мне мерещится, что даже у масонов есть что-нибудь вроде этой же тайны в основе их и что потому католики так и ненавидят масонов, что видят в них конкурентов, раздробление единства идеи, тогда как должно быть едино стадо и един пастырь... Впрочем, защищая мою мысль, я имею вид сочинителя, не выдержавшего твоей критики. Довольно об этом.

- Ты, может быть, сам масон! - вырвалось вдруг у Алеши. - Ты не веришь в Бога, - прибавил он, но уже с чрезвычайною скорбью. Ему показалось к тому же, что брат смотрит на него с насмешкой. - Чем же кончается твоя поэма? - спросил он вдруг, смотря в землю, - или уж она кончена?

- Я хотел ее кончить так: когда инквизитор умолк, то некоторое время ждет, что пленник его ему ответит. Ему тяжело его молчание. Он видел, как узник все время слушал его проникновенно и тихо, смотря ему прямо в глаза и, видимо, не желая ничего возражать. Старику хотелось бы, чтобы тот сказал ему что-нибудь, хотя бы и горькое, страшное. Но он вдруг молча приближается к старику и тихо целует его в его бескровные девяностолетие уста.

Das ist seine ganze Antwort. Der Greis fährt zusammen. Um seine Mundwinkel zuckt es, er geht zur Tür, öffnet sie und sagt zu Ihm: ›Geh und komm nicht wieder! Komm überhaupt niemals wieder! Niemals, niemals!‹ Und er läßt Ihn hinaus auf die dunklen Straßen und Plätze der Stadt. Der Gefangene geht!«

»Und der Greis?«

»Der Kuß brennt ihm im Herzen, doch er beharrt auf seiner Idee.«

»Und du mit ihm, du auch?« rief Aljoscha traurig.

Iwan lachte.

»Das ist doch alles Unsinn, Aljoscha! Das verrückte Poem eines verrückten Studenten, der niemals auch nur zwei Verse geschrieben hat. Warum nimmst du die Sache so ernst? Du denkst doch wohl nicht, daß ich jetzt geradewegs dorthin fahre, zu den Jesuiten, um in die Schar derer einzutreten, die Seine Tat verbessern? Ach Gott, was geht das mich an? Ich habe dir ja gesagt, ich möchte nur bis dreißig leben – und dann den Becher auf den Boden schleudern!«

»Aber die klebrigen Blättchen und die teuren Gräber und der blaue Himmel und die geliebte Frau! Wie willst du leben, mit welcher Kraft die alle lieben?« rief Aljoscha bekümmert. »Ist das denn möglich mit so einer Hölle in der Brust und im Kopf? Nein, du wirst hinfahren, um dich ihnen anzuschließen.

а если нет, то убьешь себя саму а не выдержишь!

- Есть такая сила, что все выдержит! - с холодною уже усмешкою проговорил Иван.

- Какая сила?

- Карамазовская... сила низости карамазовской.

- Это потонуть в разврате, задавить душу в растлении, да, да?

- Пожалуй, и это... только до тридцати лет, может быть, и избегну, а там...

- Как же избегнешь? Чем избегнешь? Это невозможно с твоими мыслями.

- Опять-таки по-карамазовски.

- Это чтобы "все позволено"? Все позволено, так ли, так ли? Иван нахмурился и вдруг странно как-то побледнел.

- А, это ты подхватил вчерашнее словцо, которым так обиделся Миусов... и что так наивно выскочил и переговорил брат Дмитрий? - криво усмехнулся он. - Да, пожалуй: "все позволено", если уж слово произнесено.

Und wenn du das nicht tust, wirst du es nicht aushalten können und dich selbst töten!«

»Es gibt eine Kraft, die alles aushält!« erwiderte Iwan mit einem Lächeln, das bereits kalt war.

»Was ist das für eine Kraft?«

»Die Karamasowsche. Die Kraft der Karamasowschen Gemeinheit.«

»Das bedeutet, in Ausschweifungen versinken, die Seele im Laster ersticken – ja?«

»Meinetwegen auch das ... Bis ich dreißig bin, werde ich dem vielleicht noch entgehen, aber dann ...«

»Wie willst du dem entgehen? Und wodurch? Ein Ding der Unmöglichkeit bei deinen Anschauungen!«

»Wiederum auf Karamasowsche Art.«

»Soll das heißen, nach dem Grundsatz: ›Alles ist erlaubt‹? Alles ist erlaubt, nicht wahr?«

Iwan machte ein finsteres Gesicht und wurde auf einmal seltsam blaß. »Ah, da hast du einen Satz von gestern aufgefangen, über den sich Miussow so ereifert hat. Und den Dmitri dann, so naiv auffahrend, wiederholt hat«, erwiderte Iwan mit einem krampfhaften Lächeln. »Na meinetwegen. ›Alles ist erlaubt‹ – wenn der Satz nun einmal ausgesprochen ist.

а если нет, то убьешь себя саму а не выдержишь!

- Есть такая сила, что все выдержит! - с холодною уже усмешкою проговорил Иван.

- Какая сила?

- Карамазовская... сила низости карамазовской.

- Это потонуть в разврате, задавить душу в растлении, да, да?

- Пожалуй, и это... только до тридцати лет, может быть, и избегну, а там...

- Как же избегнешь? Чем избегнешь? Это невозможно с твоими мыслями.

- Опять-таки по-карамазовски.

- Это чтобы "все позволено"? Все позволено, так ли, так ли? Иван нахмурился и вдруг странно как-то побледнел.

- А, это ты подхватил вчерашнее словцо, которым так обиделся Миусов... и что так наивно выскочил и переговорил брат Дмитрий? - криво усмехнулся он. - Да, пожалуй: "все позволено", если уж слово произнесено.

Ich nehme ihn nicht zurück. Und auch Mitenkas Redaktion dieses Satzes war gar nicht übel.«

Aljoscha blickte ihn schweigend an.

»Ich habe geglaubt, Bruder, wenn ich nun wegfahre, habe ich auf der ganzen Welt wenigstens dich«, sagte Iwan auf einmal mit einem unerwarteten Gefühlsausbruch. »Doch jetzt sehe ich, daß auch in deinem Herzen kein Platz für mich ist, mein lieber Einsiedler. Von dem Satz ›Alles ist erlaubt‹ sage ich mich nicht los. Na, wie ist es, sagst du dich deswegen von mir los, ja?«

Aljoscha stand auf, trat wortlos zu ihm und küßte ihn auf den Mund.

»Das ist literarischer Diebstahl!« rief Iwan plötzlich fast enthusiastisch. »Das hast du aus meiner Dichtung gestohlen! Dennoch ich danke dir. Steh auf, Aljoscha, wir wollen gehen. Es ist Zeit für uns beide.«

Sie gingen hinaus, blieben aber vor der Tür des Restaurants stehen.

»Hör mal zu, Aljoscha«, sagte Iwan mit fester Stimme. »Wenn mich die klebrigen Blättchen wirklich rühren sollten, werde ich sie nur in Erinnerung an dich lieben. Es genügt mir, daß es dich hier irgendwo gibt – und schon habe ich die Lust am Leben noch nicht verloren! Genügt dir das? Wenn du willst, kannst du das als eine Liebeserklärung auffassen. So, und jetzt geh.

Не отрекаюсь. Да и редакция Митенькина недурна.

Алеша молча глядел на него.

- Я, брат, уезжая, думал, что имею на всем свете хоть тебя, - с неожиданным чувством проговорил вдруг Иван, - а теперь вижу, что и в твоем сердце мне нет места, мой милый отшельник. От формулы "все позволено" я не отрекусь, ну и что же, за это ты от меня отречешься, да, да?

Алеша встал, подошел к нему и молча тихо поцеловал его в губы.

- Литературное воровство! - вскричал Иван, переходя вдруг в какой-то восторг, - это ты украл из моей поэмы! Спасибо, однако. Вставай, Алеша, идем, пора и мне и тебе.

Они вышли, но остановились у крыльца трактира.

- Вот что, Алеша, - проговорил Иван твердым голосом, - если в самом деле хватит меня на клейкие листочки, то любить их буду, лишь тебя вспоминая. Довольно мне того, что ты тут где-то есть, и жить еще не расхочу. Довольно этого тебе? Если хочешь, прими хоть за объяснение в любви.

Und zwar du nach rechts, ich werde nach links gehen – es ist genug, hörst du? Es ist genug! Das soll heißen: Sollte ich morgen nicht wegfahren – ich glaube aber, ich werde bestimmt fahren – und sollten wir uns noch einmal begegnen, dann sprich über alle diese Themen kein Wort mehr mit ihm. Das ist meine dringende Bitte ... Und was unseren Bruder Dmitri anlangt, so bitte ich dich ganz besonders, sprich mit mir nie mehr über ihn«, fügte er plötzlich gereizt hinzu. »Dieser Punkt ist ja erschöpft, vollständig durchgesprochen, nicht wahr? Ich meinerseits werde dir dafür ebenfalls etwas versprechen. Wenn ich mit dreißig Lust bekomme, ›den Becher auf den Boden zu schleudern‹, dann werde ich zu dir kommen, wo immer du auch bist – und noch einmal mit dir reden ... Und wenn ich gar in Amerika wäre – ich würde extra deswegen zu dir kommen, das sollst du wissen! Es wird mich sehr interessieren, dich dann zu sehen, was für ein Mensch du sein wirst. Hast du gehört, das war ein recht feierliches Versprechen! Wir nehmen jetzt aber tatsächlich vielleicht für sieben oder zehn Jahre Abschied. So, nun geh zu deinem Pater Seraphicus, stirbt er in deiner Abwesenheit, wärst du mir womöglich noch böse, daß ich dich aufgehalten habe. Auf Wiedersehen, küß mich noch einmal. So ... Geh jetzt!«

Iwan drehte sich plötzlich um und ging weg, ohne sich noch einmal umzuwenden. Das ähnelte der Art, wie tags zuvor Dmitri von Aljoscha weggegangen war, obgleich das wieder ganz anders gewesen war.

А теперь ты направо, я налево - и довольно, слышишь, довольно.

То есть, если я бы завтра и не уехал (кажется, уеду наверно) и мы бы еще опять как-нибудь встретились, то уже на все эти темы ты больше со мной ни слова. Настоятельно прошу. И насчет брата Дмитрия тоже, особенно прошу тебя, даже и не заговаривай со мной никогда больше, - прибавил он вдруг раздражительно, - все исчерпано, все переговорено, так ли? А я тебе, с своей стороны, за это тоже одно обещание дам: когда к тридцати годам я захочу "бросить кубок об пол", то, где б ты ни был, я таки приду еще раз переговорить с тобою... хотя бы даже из Америки, это ты знай. Нарочно приеду. Очень интересно будет и на тебя поглядеть к тому времени: каков-то ты тогда будешь? Видишь, довольно торжественное обещание. А в самом деле мы, может быть, лет на семь, на десять прощаемся. Ну иди теперь к твоему Pater Seraphicus, ведь он умирает; умрет без тебя, так еще, пожалуй, на меня рассердишься, что я тебя задержал. До свидания, целуй меня еще раз, вот так, и ступай...

Иван вдруг повернулся и пошел своею дорогой, уже не оборачиваясь. Похоже было на то, как вчера ушел от Алеши брат Дмитрий, хотя вчера было совсем в другом роде.

Diese sonderbare kleine Wahrnehmung ging Aljoscha, betrübt und bekümmert, wie er in diesem Augenblick war, wie ein Pfeil, durch den Sinn. Er wartete noch ein Weilchen und schaute seinem Bruder nach. Dabei bemerkte er zufällig, dass sein Bruder Iwan eigentümlich schwankend lief und dass, von hinten gesehen, seine rechte Schulter niedriger zu sein schien, als die linke. Das war ihm früher noch nie aufgefallen.

Dann drehte er sich ebenfalls um und eilte rasch, beinahe laufend, zum Kloster. Es dämmerte schon stark, und er hatte fast ein bisschen Angst. Etwas Unklares keimte in ihm auf, ein neuer Zweifel, auf den er keine Antwort wusste. Wie am vorhergehenden Tag hatte sich wieder ein Wind erhoben, und um ihn rauschten die alten Fichten, als er in das Wäldchen der Einsiedelei kam. Er fing beinahe an zu rennen. ›Pater Seraphicus, diesen Namen hat er irgendwoher, doch woher nun genau?‹ überlegte er. ›Iwan, armer Iwan, wann werde ich dich jetzt wiedersehen? Da ist ja die Einsiedelei, Gott sei Dank! Ja, er ist ein Pater Seraphicus, das ist er! Er wird mich retten ... Vor ihm und für alle Zeit!‹

Später fragte er sich wiederholt verständnislos, wie er nach dem Abschied von Iwan so vollständig seinen Bruder Dmitri hatte vergessen können, obwohl er sich am Vormittag, nur wenige Stunden früher, fest vorgenommen hatte, ihn unbedingt aufzusuchen und nicht wegzugehen, ehe er ihn gesehen hatte – selbst wenn er in dieser Nacht nicht mehr ins Kloster zurückkehren konnte.

Странное это замечаньице промелькнуло, как стрелка, в печальном уме Алеши, печальном и скорбном в эту минуту. Он немного подождал, глядя вслед брату. Почему-то заприметил вдруг, что брат Иван идет как-то раскачиваясь и что у него правое плечо, если сзади глядеть кажется ниже левого. Никогда он этого не замечал прежде. Но вдруг он тоже повернулся и почти побежал к монастырю. Уже сильно смеркалось, и ему было почти страшно; что-то нарастало в нем новое, на что он не мог бы дать ответа. Поднялся опять, как вчера, ветер, и вековые сосны мрачно зашумели кругом него когда он вошел в скитский лесок. Он почти бежал. Pater Seraphicus, это имя он откуда-то взял - откуда? - промелькнуло у Алеши. - Иван, бедный Иван, и когда же я теперь тебя увижу... Вот и скит, Господи! Да, да, это он, это Pater Seraphicus, он спасет меня... от него и навеки!"

Потом он с великим недоумением припоминал несколько раз в своей жизни, как мог он вдруг, после того как расстался с Иваном, так совсем забыть о брате Дмитрии, которого утром, всего только несколько часов назад, положил непременно разыскать и не уходить без того, хотя бы пришлось даже не воротиться на эту ночь в монастырь.